waltz 円舞曲

愁堂れな

幻冬舎ルチル文庫

CONTENTS ✦目次✦ waltz 円舞曲

✦カバーデザイン＝清水香苗（CoCo.Design）
✦ブックデザイン＝まるか工房

イラスト・水名瀬雅良✦

waltz 円舞曲

1

「それじゃ、いらっしゃい、長瀬《ながせ》君、ということで！」

「乾杯!!」

「乾杯!!」

名古屋名物、手羽先がどこより美味《おい》しいという評判の店の個室に、乾杯の声がこだまする。

「ありがとうございます」

それぞれ、一気にビールを飲み干す皆に——新しい職場仲間それぞれに、僕は改めて頭を下げた。

「どうぞよろしくお願いします」

「長瀬君、挨拶《あいさつ》はいいから、ほら、飲んで」

隣からベテラン事務職の神谷《かみや》さんが、ビール瓶《びん》を手にし、僕に飲むよう強要してくる。

前所属の野島《のじま》ラインでも、ベテラン事務職の安城《あんじょう》さんには、同じように飲みを強要されたものだった。東京の皆は元気だろうか、と郷愁に浸る間もなく、神谷さんが「ほら」と無理矢理ビールを注《つ》ごうとする。

「飲みます、飲みますから」

「神谷さん、ノリノリだねえ」

「神谷さんの大好きなイケメン君だもんな」

横から若手管理職の木場《きば》課長代理が揶揄《やゆ》するのに、

「神谷さん、あまりイケメン君を苛《いじ》めちゃダメだよ」

と、小山内《おさない》部長までもが皆と一緒になってふざけてみせる。雰囲気のいいチームに配属されてよかった、と内心安堵《あんど》の息を吐きつつも、今日は飲まされそうだなと覚悟する僕は、ほんの十日ほど前に名古屋支社の自動車部に着任したばかりだった。

財閥系の総合商社、三友商事に入社して四年、三年目に東京本社内で異動があり、それからまた一年もしないうちに名古屋支社への異動となった。

僕と同期で二度も異動通知を貰《もら》った人間はそういない。仲良くしている同期は皆、入社時に配属になった部署にいる。

なのに僕ばかりが二度も異動になったその理由は、一度目は語学力を買われて、というものだった。英語ができて当たり前の商社では自慢にもならないが、たまたまTOEICの点が良かったので『英語のできる若手が欲しい』というオファーにぴったりはまったらしい。

実際、異動した自動車部では英語漬けの毎日で、前の部よりは語学力を活かすことはできた——と思う。が、今回の名古屋への異動は、一体なぜだったんだろう、と、僕は今更と思いながらも、今日、僕の歓迎会を開いてくれた、名古屋自動車部の面々を密《ひそ》かに見渡した。

国内支社支店と東京本社の間では、『ローテーション』と言われる若手の異動のルールがある。

三年から五年で支社支店の若手を本社に戻すのだが、今回、名古屋支社の若手、三枝《さえぐさ》がそのローテーションの対象となった。

背番号が自動車本部だったので、自動車部から誰か若手を名古屋に、となったとき、野島課長も、そして部長も、ずっと部を異動していなかった僕の先輩社員を出そうと思っていたそうだ。

それには理由があって、将来の出世のためには、海外駐在か国内支社支店への異動経験が必須という不文律があるからなのだが、にもかかわらず僕に白羽の矢が立ったのは、名古屋の部長から是非僕を、と指名があったかららしい。

一体なぜ僕なのか。指名した理由を僕は是非、小山内部長に聞いてみたいと思っていた。というのも、その『理由』を一つとして思いつかなかったからだ。

名古屋に来てから昨日までの十日間は、朝から晩までほぼ引継ぎに費やしたので、他の課員たちと親しく言葉を交わす暇はなかった。

だが、今日の歓迎会の様子を見るに、どうやら『無礼講』らしいし、少し酒が進んだら、小山内部長に聞いてみよう、と密かに心を決めた。

今、歓迎会に出席しているのは、僕が所属する自動車部第一課の課員たち、プラス部長だ。

小山内部長は四十代前半、まさにテレビドラマに出てくる『エリート商社マン』そのものの雰囲気だった。

顔がいいのは勿論《もちろん》のこと、百八十センチを越す長身に、広い肩幅、長い足と、スタイルも抜群にいい。

しかも実家は、名古屋でも有名な老舗《しにせ》の呉服店だそうで、将来はあとを継ぐことが決まっているという。

仕事もできるという評判だし、世の中にはそれこそ、三拍子も四拍子も揃《そろ》った人がいるんだなと——まあ、桐生《きりゅう》も五拍子くらい、揃っているけれど——思わずにはいられない。

課長は姫宮孝史《ひめみやたかし》、まだ三十前なのに課長職に就いている、彼もまた三拍子も四拍子も揃った男だった。

とはいえ、小山内部長とは印象がまるで違う。男相手にこの表現はいかがなものかと思いつつも、『どんな感じ？』と人に問われた場合、やはり『綺麗《きれい》な人』とか『美人』としか答えようがない容貌《ようぼう》をしていた。

身長は僕と同じか少し低いくらいで、三年前までは東京勤務だったそうだ。僕が新人の頃にはまだ、東京の鉄鋼部門にいたそうだが、部門がまったく違ったので顔を合わせたことはなかった。

一見、ハーフのように見える。いや、ハーフというより、上手《うま》いたとえではないが、まるでビスクドールとかいう、西洋の人形のような美貌の持ち主だった。

社内外に多く『ファン』を持っているという情報は、ベテラン事務職の神谷さんから仕入れた。モテすぎて未だに独身だそうだが、結婚でもしようものなら、支社の女性の半数は自《や》棄《け》酒をくらうこと必至であるという。

その美貌の課長の下――役職的には――が、三十二歳の若手管理職、木場課長代理で、いかにも体育会系といった風貌をしていた。これもまた神谷さん情報だが、大学時代はアメフト部に所属していたそうだ。豪快を絵に描いたような人物で、上司が年下であっても、そう気にした素振りを見せていない。赴任したばかりの僕を気遣い、一番声をかけてくれるのも彼で、小山内部長や神谷さんからは『木場っち』と呼ばれている。

課にはもう一人、愛田《あいだ》という名の新人がいるが、彼は入社時から名古屋配属で、『ラブ』という愛称がある。

そのニックネームがぴったりのアイドルのような可愛らしい容貌をしているのだが、入社後、いきなりの支社配属には相当鬱憤《うっぷん》が溜《た》まっているらしく、酔うと必ず『本社勤務になりたい！』とくだを巻く、可愛い容姿に似合わぬ困ったちゃんらしい。

そしてそれらの情報を僕に提示してくれたベテラン事務職の神谷さんは、小山内部長と年次が近く高校生と中学生のお子さんがいらっしゃる。豪快な雰囲気は、東京の安城さんとちょっと似ているが、更にパワーアップしているといっていい、頼りになる存在である。

僕が配属になった課は、僕を含め、この五名で構成されていた。実際名古屋に来るまでは、新しい部署に馴染《なじ》めるだろうかと少々心配だったのだが、案じるまでもなかった、と安堵していたのも束の間、次々と酒を注ぎながら、神谷さんが遠慮のないツッコミをしかけてきた。

「そういや長瀬くん、借り上げ社宅に入らなかったんだっけ。どこに誰と住んでるの？」

「なにぃ？　社宅に入らないって、お前、ボンボンだったんか？」

木場課長代理が大仰な声を上げ、僕に詰め寄ってくる。確かに、月二万で住める社宅があるのに、個人でマンションを借りるなど、たとえ僕がそんな若手の話を聞いたとしても、木場課長代理と同じように『どんなボンボンだ』と思うだろう。

それがわかっていたので、できることなら住所などは有耶無耶《うやむや》にしたかったのだが、さすがに隠し通すことはできなかった。

緊急時の名簿を作成するということで、神谷さんには住所を渡してある。そのときは何も言わなかったのに、ここで突っ込んでくるとは、と内心啞然《あぜん》としつつも、笑って誤魔化そうとしたが、さすがはベテランといおうか、そんなことで誤魔化される彼女ではなかった。

「しかも、小山内部長と同じマンションなんですって。あそこ、分譲でしょ？　超リッチじゃない？」

「ええ!?　あのなんとかレジデンス？」

「長瀬さん、もしかしてマジで金持ちなんじゃないですか」

木場課長代理と愛田がこぞって身を乗り出す中、小山内が驚いたように目を見開いた。

「なに？　長瀬君、僕と同じマンションなの？」

「いやだ、部長。人事への提出書類に印ついてたじゃないですか」

ぼんやりしないでください、と神谷さんがツッコみ、場が笑いに包まれる。

「小山内さんて、いかにも『デキる』って感じだけど、ちょっと抜けてるんですよ」

神谷さんが楽しげに言うあとに、

「そういうところが、女性にモテモテなんだよ」

と木場課長代理が続ける。

「え？　モテてるの？　全然聞こえてこないなあ」

小山内が彼らの会話に乗ったことで、更に場には笑いが溢《あふ》れる。

おかげで、僕の住居の話題はすっかり流れた。分不相応な高級マンションに住んでいることに関し、別に疚《やま》しいところはまるでないのだけれど、事情を説明するのは面倒な上に、突っ込まれると色々と困る部分もある。

参ったな、と思っていたがどうやら何も話さずにすみそうだ、と胸を撫《な》で下ろしたとき、一瞬、小山内部長と目が合った。

「…………」

パチ、と小さくウインクをして寄越した、決まりに決まったその顔に思わず見惚《みと》れてしまった次の瞬間、もしかして部長が助け船を出してくれたんじゃないかと気づく。

そうか、わざとボケてくれたんだ、と察し、ありがとうございます、と頭を下げようとしたが、そのときには部長は僕から視線を外し新たな話題を振っていた。

「それより、長瀬君は TOEIC 八百五十点以上なんだぞ。皆はどうなんだ？　今後は管理職になるには、八百点以上が必要となる。その辺、わかってるんだろうな？」

「部長、それ、言わないでくださいよー」

新人の愛田が悲鳴を上げ、

「よかった、俺、そんなルールができる前に管理職になってて」

と、木場課長代理が大仰に溜《た》め息《いき》をつく。

「馬鹿、級が上がるたびに、TOEIC 受験は必須になってるんだぞ」

そんな木場課長代理に小山内部長がそう告げ、木場課長代理が「そんなあ」と途方に暮れた顔になる。

「そのうち弊社も、英語を公用語にしようなんて言い出すかもしれないしね」

神谷さんが意地の悪い口調で木場課長代理に話しかけるのに、

「神谷さんだって、英語、苦手じゃないですか」

と木場課長代理が突っ込み返す。

「大丈夫、だって私、事務職だもん」

「公用語になったら事務職だって英語話すでしょうに」

横から愛田が突っ込み、またどっと笑いが起こる。

やはりこの課は、非常にチームワークがいいんだな、と笑い合う皆を僕もまた笑いながら眺めていたのだが、ふと、その『輪』の中に、課長の姫宮が入っていないことに気づいた。

勿論、彼もまた、にこにこ笑いながら課員たちを眺めてはいるが、積極的に会話に参加しようとはしない。課員たちもまた、小山内部長には絡んでも、誰も姫宮課長を巻き込もうとはしない。

かといって、別に浮いている、という雰囲気でもないのだけれど、と、いつしか姫宮課長をじっと見つめてしまっていた僕は、視線に気づいたらしい彼に視線を返され、はっと我に返った。

慌てて目を逸《そ》らそうとした僕に向かい、姫宮課長は綺麗なその瞳を細めて微笑《ほほえ》むと、おもむろに口を開いた。

「長瀬君は名古屋は初めて？　大学は慶應《けいおう》だよね。東京生まれの東京育ちなのかな？」

姫宮課長が話し出した途端、それまでわいわいと騒いでいた皆が一斉に口を閉ざす。とはいえ、雰囲気が悪くなったわけではなく、座の中心が姫宮課長に移ったという感じだった。

「あ、いえ。父が転勤族だったので、あちこち転々としていました。でも、名古屋には住んだことなかったです」

答えた僕に、皆、それぞれに声をかけてくる。

「へえ、そうなんだ」

「今まで、どこに住んだことある？」

「北海道、福岡、それから……ああ、仙台とか」

父の赴任地を思いつくかぎりに上げる。

「すごい、日本全国津々浦々」

「なのに名古屋はないって、それもまたある意味凄《すご》いな」

またも、皆が口々に言い始める中、再び姫宮課長が口を開いた。

「名古屋の印象はどう？　といっても、まだ、プライベートで出歩くような時間はないかな？　三枝君はどこかに連れて行ってくれた？」

場は再び、しんとなったが、やはり、嫌な感じの沈黙ではなかった。

「ひつまぶしは食べたほうがいいだろうって、松坂屋の蓬莱軒《ほうらいけん》に。美味しかったです。あとは、飲み屋を何軒か紹介してもらいました」

僕と交代で東京本社配属になった三枝は、今頃、野島課長の下で僕が引き継いだ仕事に勤《いそ》しんでいるはずだ。

彼は東京本社に戻れるのをとても喜んでいたが、同時に、自分の代わりに名古屋へと配属になった僕に対し、必要以上に罪悪感を抱《いだ》いていたようで、それは丁寧な引継ぎをしてくれた。

今後接待で使うだろうと、自腹でキャバクラなどにも連れて行ってくれたのだが、それを明かしていいものかと迷い言葉を濁した僕に、速攻で木場課長代理が突っ込んでくる。

「あ、もしかして『KAEDE』だろ？　三枝、あそこのゆかりちゃんにゾッコンだったんだよな」

「ゆかりちゃんかー。そういやハマってたねー」

なぜ知っているのか、横から神谷さんも会話に参加してきたかと思うと、

「会った？　ゆかりちゃん」

と僕に問いかけた。

「え、ええ。多分」

名前は覚えていないけれど、やたらと親密そうな女の子がいたな、と思い出していた僕に、木場課長代理がにやにや笑いながら話しかけてくる。

「ゆかりちゃんは相当やり手だからな。三枝の後釜《あとがま》として長瀬君を狙ってくるだろうが、見込まれないよう気をつけるんだな」

「いや、それはないいんじゃないかと……」

三枝と店に行ったとき、『ゆかりちゃん』は三枝にべったりで、僕などまるで眼中にない

様子だった、と言うと、

「それが作戦なんだよー」

と木場課長代理が笑って僕の背を叩く。

「見てろ。そのうち、電話攻撃に遭うぞ。三枝は自腹で随分、あの店には通ってたみたいだからな。彼の代わりに長瀬君を、と思ってそうだ」

「あー、当てにしてそうですよねえ」

愛田もまた同意したあと、「そういや」と僕に話しかけてきた。

「長瀬さん、彼女、いるんですか?」

「え?」

唐突すぎる問いに戸惑いの声を上げた僕の周囲で、どっと笑いが起こる。

「ラブ、直球だねえ」

木場課長代理が揶揄し、

「私も聞きたかったんだ」

と神谷さんが目を輝かせる。

「僕も聞きたいなあ」

小山内部長までもが身を乗り出してきたのに、なんてノリのいい部長なんだ、と驚きながらも僕は、

「いません」

と正直なところを答えた。

「えー、うそー。あ、もしかして、転勤をきっかけに別れて来ちゃったの?」

神谷さんが声に同情を滲《にじ》ませ、問いかけてくる。

「いや、そういうわけじゃ……」

実際、僕には桐生という『彼氏』はいるが、彼女はいない。『恋人はいるか』と聞かれたとしたら返答に困っただろうが、と思いつつ首を横に振ると、

「信じられないー」

と神谷さんが大きな声を上げた。

「長瀬君くらいイケメンなら、女の子が放っておかないでしょうに」

「わかった。めちゃめちゃ理想が高いんでしょ」

愛田が言う横で、

「もしかして、見かけによらず、えらい遊び人だったりして!」

と木場課長代理が混《ま》ぜっ返す。

「意外ー!」

「あるかもー!」

皆、面白がっているだけだとわかってはいたが、黙っていると『遊び人』が定着しそうだ

ったので、

「ありませんよ」

と口を挟んだそのとき、また姫宮課長の声が響いた。

「長瀬君をあまり困らせないように。名古屋は怖いところだ、なんて思われたくないからね」

「やだなあ、これも『歓迎』の一種ですよ」

木場課長代理がそう言い僕を見る。

「そうそう、怖くなんてないよねえ？」

神谷さんもそうフォローを入れてきたのに、ここは頷《うなず》いておくべきだろうと僕も、

「はい、怖くはないです」

と皆に笑いかけた。

「それならいいけれど」

姫宮課長もまた僕に笑顔を返すと、ぐるり、と課員たちを見渡す。

「縁あって、これからここ名古屋で一緒に仕事をしていく仲間だ。これからもお互い、いい関係を築いていこう」

にっこりと微笑み、姫宮課長がそう告げたあと、わっと歓声が上がった。

「勿論です！　よろしくな、長瀬君」

「よろしくお願いします」

「なんでも困ったことあったら、私に聞いてー」

木場課長代理が、愛田が、そして神谷さんが口々にそう言いながら、持っていたグラスを僕へと差し出してくる。

「ありがとうございます。よろしくお願いします」

前の部署も、人間関係には恵まれていたと実感することがたびたびあったが、今度の配属先もいい人揃いじゃないか、と僕は皆とグラスを合わせながら、改めてそう実感していた。

その後、場は名古屋のお国自慢や、神谷さんの『美少年』という息子さん自慢、それに、木場課長代理のモテ自慢と、小山内部長の実家が如何《いか》に金持ちであるか、などの話で盛り上がった。

二時間という時間制限があった一次会の店を追い出されたあとは、全員でカラオケボックスに移動した。

途中、まず小山内部長が「あとは若い人たちで」と帰り、その三十分後に姫宮課長も「明日は朝が早いから」と帰ったが、それぞれに一万円ずつを渡していってくれ、二次会も物凄い盛り上がりをみせた。

結局、四時間近くボックスにいたあと、帰路についたのだが、東京では皆、同じ方向を探しタクシーを乗り合わせるのに、皆が近所に住んでいるためか、四人とも別々のタクシーで帰宅することになった。

「それじゃ、また明日ねえ」

すっかり声を嗄《か》らした神谷さんがまず最初の車に乗り、続いて、今日の主賓ということで、僕がタクシーに乗り込むこととなった。

「すみません、お先に失礼します」

管理職を差し置いていいのだろうか、と迷いながらも、その管理職に『乗れ乗れ』と促されたため、乗り場に待機していたタクシーに乗り込み、残った二人に頭を下げた。

「おう、これからよろしく頼むな」

「お疲れさまです！」

木場課長代理と愛田、それぞれ手を振ってくれるのに、僕も頭を下げて答え、運転手にマンション名を告げる。

「いいところに住んでますねえ」

その途端、感心したようにそう言われ、改めて僕は今、自分が住んでいる場所が皆に感心されるほどに『いいところ』なのだなと認識した。

いわゆる『普通の』サラリーマン家庭に育ったため、金銭感覚はいたって庶民的だという自負はある。

一般庶民の僕から見た今の住居は、分不相応としかいいようがないのだが、『ワケアリ』

物件ということで家賃は月八万円という破格の安さで住まわせてもらっていた。

相場はやはり三十万、いや、五十万くらいはするんじゃないかと思う、そんな凄いマンションに住んでいることはやはり、皆の好奇心を煽《あお》るらしく、二次会の席でも話題となった。

買ったわけではなく、借りているのだと説明すると、神谷さんが早速ストレートに聞いてくる。

「家賃、いくら？」

「八万です」

「随分、安くないか？」

驚いて目を見開いた木場課長代理に、実は知り合いのツテで安く貸してもらっているのだ、と説明すると、ボックス内は、

「いいなー」

の大合唱となった。

「どんな感じの部屋なの？　広い？　何階？」

目を輝かせ、問いかけてくる神谷さんは、僕が質問に答えるより前に、

「今度遊びに行きたいー!!」

いいでしょう、と熱烈なラブコールを送ってきた。

「すみません、まだ全然、家具も揃ってないし、とても人を呼べる状態じゃないんで……」

なんとかそれを断ろうと、必死で言葉を繋《つな》ぐ。実際部屋を見られたら、「ここが家賃八万？」と騒がれるに決まっているとわかっていたからだった。

3LDKという広さや眺望のいい高層階であることは、できれば人に知られたくない。それは、僕自身を詮索《せんさく》されたくないというより、この部屋のオーナーの『事情』は明らかにしないほうがいいんじゃないか、と案じたためだ。

オーナーというのは、東海地区でトップクラスに入るという不動産業者であり、かつて同じく不動産関係の仕事をしていた桐生の父親の友人だそうで、このマンションは彼が愛人を住まわせるために購入したという話だった。

ところが、その愛人とは別れてしまった上に、マンションを購入したという事実が奥さんに知られそうになったので、慌てて部屋を賃貸することにしたという。

そんな『事情』まで知られてしまっては気の毒だと、それで僕は言葉を濁したのだが、その気遣いが今後、自分の首を締めることになるということまでは見通していなかった。

タクシーは十分ほどでマンションに到着した。降車後、エントランスを抜けてエレベーターホールへと向かう。エレベーターに乗り込んだとき、ふと僕の頭に、そういやこのマンションには小山内部長もいるんだっけ、という考えが浮かんだ。

桐生と一緒にいるところを見られたりして、と案じかけ、別に見られてもいいか、と一人苦笑する。

それこそキスでもしていないかぎり、男二人が一緒にいるからといって、変な噂《うわさ》が立つこともないだろう。

そこまで考えたあたりでエレベーターは僕の部屋の階に到着した。開いた扉から外に出て自室へと向かう僕の胸に、もやっとした思いが浮かぶ。

何かな、と首を傾《かし》げ、桐生との関係を自分が『疚しいもの』のように思ってしまったことに対する罪悪感か、と気づく。

恥じるような関係ではないと頭では思っているのだけれど、実際、自分がゲイであると人に知られたらどうしようと案じていることもまた、事実だった。

そもそも、自分がゲイだという自覚が僕にはない。桐生のことは好きだし、愛してもいるが、それは桐生が桐生だからであって彼が男だからじゃない。

他の男性に対しては、まったくときめくことのない自分は果たしてゲイなのか。それがわからないから、誰に対してもカミングアウトができないのだ——と、鍵穴に鍵を挿《さ》しながらそんなことを考えていた僕は、それが逃避に過ぎないことにもまた気づいていた。

自己嫌悪の溜め息が唇から漏れる。カミングアウトできないからといい、自己嫌悪を感じる自分も嫌なら、それを正当化しようとする自分もまた嫌だった。

ゲイであるというカミングアウトではなく、桐生を恋人として皆に紹介すればいいだけのことなのに、それを『カミングアウト』という大仰な決意にまでもっていくことで実質避けようとしている。そんな自分が情けなかった。

桐生はあんなにも堂々としているというのに、と思いながら部屋に入り、セキュリティシステムを止める。

さんざん酒を勧められたせいで飲みすぎたな、と思いはしたが、いつもの習慣で書斎へと向かい、家のPCを立ち上げた。

メールなど、滅多に来ない。たいていが勧誘メールの類なのだが、一人からのメールを待ち侘《わ》びているために僕は、常に帰宅と同時にパソコンを立ち上げていた。

「あ」

待ち侘びたその人からの――桐生の名をアウトルックの中に見出《みいだ》し、慌ててメールを開く。

『ようやく週末だ。明日の夜は十時過ぎにはマンションに到着すると思う。一週間、長かった』

三行の文面を、何度も何度も読み返す。明日の夜十時には桐生に会えるのかと思うと、それだけで顔が笑ってしまう。

すぐに『待ってる』と返信したあとに『待ってる』だけじゃ素っ気なさすぎたか、と再びメールを打とうとした僕の目が、ぽん、という音と共に到着した桐生からの新着メールを捉《とら》える。早い、と思わずそれを開くと、そこには僕が打とうとしたのとまるで内容が被《かぶ》っている文面が送られていた。

『愛してる』

「………」

僕も、と打ちかけ、チャットじゃないんだから、と自制すると、明日は多分、早く家に帰れると思うので、よかったらマンションで一緒に食事をとろう。腕によりをかけるから、と打ったあとに、少し迷った挙げ句、

『僕も愛してる』

と書き添え、送信した。

桐生から返事は来るかな、とパソコンの画面を見つめていた僕の耳に、携帯電話のバイブ音が聞こえてくる。

「………」

もしや、と慌ててその辺に脱いだ上着の内ポケットから携帯を取り出しディスプレイを見、そこに予想通りの名を見出した僕は焦る気持ちを抑え応対に出た。

「もしもし？　桐生？」

『今日は随分、帰宅が遅いな』

電話越しに聞こえてきたのは、愛《いと》しくてたまらない彼の——桐生の声だった。実をいうと一昨日《おととい》も電話で話したばかりだったのだが、やはり直接話ができるのは嬉しくて、思わず声が弾んでしまう。

「うん、歓送迎会だったんだ。でも明日はなんの予定もないから！」

勢い込んでここまで言ったが、耳元に響いてきたくすりという桐生の笑い声に、呆《あき》れられてしまった、と気づいた僕の頭に、カッと血が上る。

「ごめん。いよいよ明日会えると思うと、嬉しくてつい、はしゃいじゃって……」

言い訳を始めた僕の言葉を遮ったのも、電話越しに響いてきた桐生の声だった。

「俺も相当はしゃいでいるさ。明日は手料理をふるまってくれるんだって？　楽しみだな」

くすくすと笑う彼の声は本当に嬉しげだった。途端に心配になり、おずおずと桐生に声をかける。

「あの……楽しみにしてもらえるようなものはできないかも……」

言っちゃなんだが、今まで一人暮らしの経験がそうない僕は料理が苦手で、何も見ずに作ることができるのはカレーくらいだ。

そのカレーも市販のルーを使うものだったりするのだが、自身も料理が得意な上に舌も肥えている桐生に満足してもらえる自信はない。

やっぱり手料理はやめてどこかに食べに行こうかと提案しようとした僕の耳に、笑いを含んだ桐生の声が響く。

『最初から期待などしていないから安心しろ』

「酷《ひど》いな」

そりゃそうだろうけど、と思いつつ、つい口を尖《とが》らせると、電話の向こうから楽しげに笑う桐生の声が聞こえてきた。

『冗談だ。そうだな、カレーがいい。いつか作ってくれたのは美味《うま》かった』

普段、桐生はこんなふうに声高く笑うこともなければ、饒舌《じょうぜつ》でもない。やはり彼も僕同様、久々の逢瀬《おうせ》に浮かれているのかもしれない。そう思うとまた嬉しさも増し、ますます僕の声も弾んでいく。

「お世辞はいいよ。カレーね、わかった」

『無理するなよ』

桐生はそう笑うと、『おやすみ』と電話を切ろうとした。

「あ、桐生」

『なんだ？』

寂しさからつい呼び止めてしまったが、問い返されると用件がないだけに言葉に詰まる。

「あ、ごめん。なんでもない。おやすみ」

忙しいのに悪かったな、と思いつつ詫《わ》びると、電話越しに桐生の含み笑いが聞こえてきた。

『なんだ、キスでもしてくれると思ったのに』

「…………」

電話越しのキスなんて、桐生も僕もガラじゃないとは思うが、本当にしたらどういうリアクションがくるんだろう、という悪戯心《いたずらごころ》が起こる。

やってみようか、と携帯に口をつけかけた僕の耳に、桐生の声が響いた。

『するなよ？　今すぐにでも飛んでいきたくなるからな』

「なんでわかったの？」

思わず問い返してしまうと、電話の向こうから桐生がげらげら笑う声が聞こえてきた。本当に珍しい、という驚きが大きすぎて、自分が携帯にキスしようとしたことを見抜かれた羞《しゅう》恥《ち》を忘れていた僕は、

『それじゃ、また明日』

と桐生に電話を切られて初めてそれを思い出し、途端にカッと頬《ほお》に血が上った。

明日、またからかわれるんだろうな、と携帯を切りながらも頬が緩んでしまうのを堪えることができない。

赤い顔をしてにやけている自分を想像すると、なんてみっともない、と反省もするが、それでも嬉しいと思う気持ちは抑えられないと、切った携帯を握る手にぎゅっと力を込める。

一週間ぶりの逢瀬だ。明日はできるだけ早く帰って桐生を手料理——といってもカレーだが——で迎えよう。そうだ、もう一品、酒のつまみになるようなものでも作るために、料理の本でも見ようかな、と我ながら浮かれた足取りでキッチンへと向かう僕の頭には、びっくりするくらい陽気に笑っていた桐生の顔が浮かんでいた。

2

「お先に失礼します」

翌日の金曜日、僕はほぼ定時で事務所をあとにした。

「お疲れ」

「あれ、もしかして東京帰るの？」

木場課長代理と神谷さんが、好奇心丸出しの顔で声をかけてくる。

「いえ、ちょっと友人と会うので」

適当に流せばいいのだろうが、嘘をつくのも憚《はばか》られそう答えると、途端にまだ全員が席に着いていた課内がわっと沸いた。

「長瀬君の彼女、ケナゲだねえ。向こうから来てくれるんだ」

「さすが、モテる男は違いますねえ」

神谷さんと愛田がそう囃《はや》し立てる横で、木場課長代理が「羨《うらや》ましい！」とふざけて大きな声を上げる。

おかげで僕の帰宅はフロア中に知れ渡ることとなったのだが、悪目立ちしてしまったことに対し、参ったなと首を竦《すく》めていた僕を救ってくれたのは、淡々とした姫宮課長の声だった。

「そういう発言がパワハラ、セクハラになるから。気をつけるようにね」

注意、というよりは笑顔で告げていたので、ジョークの色合いが濃かったように思う。が、それを聞いてそれまで僕を囃し立てていた皆が口を閉ざした。

「確かに。訴えないでくれよ、長瀬」

「セクハラで訴えられたら、親が泣くわ〜」

木場課長代理と神谷さんが小声でそう言い、肩を竦める。

「お疲れさま」

そんな二人に、にっこりと、それは優美な笑みを向けた姫宮が、その笑みを僕へも向けてくれながら送り出してくれた。

「お先に失礼します」

課長に、そして課員たちに頭を下げ、フロアを出る。エレベーターに乗り込み一階のボタンを押しながら、僕は、浮き立つ思いを抑えることができずにいた。

帰りにスーパーに寄り、野菜や肉、それにカレーのルーを仕入れる。それからチーズを買おう、と、ざっと買うものを思い浮かべていた僕の頭に、姫宮の華麗な笑顔が浮かんだ。

野島課長とはまったく違うタイプだが、部下思いであるのが感じられる。課員たちも皆、姫宮を慕っているようだ。

僕に対しても常に親切に対応してくれるのだが、なんとなく距離を感じてしまうのは、彼の綺麗すぎるビジュアルのせいだろうか。他の課員たちも、慕ってはいるが、どこか距離を置いているように思える。

今まで出会ったことのないタイプだからか、つい身構えてしまう。転勤族の親を持った宿命ゆえか、誰とでもそこそこの付き合いはできるという自負はあるのだけれど、姫宮課長との間には、これと説明できない壁のようなものがあるような気がした。

そんなことをぼんやり考えているうちにエレベーターが一階に到着し扉が開く。

「……まあ、まだ二週間だしな」

壁や距離を感じても当然だろうと僕は一人呟《つぶや》くと、桐生と過ごす週末へと思考を切り替えることにした。

一週間ぶりの逢瀬に、自然と気分が高揚してくる。桐生が来るのは十時過ぎだと言っていたから、それまでの間にカレーを作り、シャンパンを冷やし——と考え、そうだ、寝室のシーツもかえておこう、と思いつく。

肌を合わせるのは一週間ぶりなんだな、と思った途端、身体《からだ》の芯に欲情の焔《ほむら》が立ち上るのを感じた。

何をいやらしいことを考えているんだか、とわざと茶化してみたが、それでも頬に血が上るのを抑えることはできない。

共に暮らし始めてから、桐生とは毎晩一緒に眠っていた。セックスをする日もあれば、しない日もあったけれど――たいていはしていた気もするけれど――彼と毎日抱き合い眠ることができていた日々は、失ってみて初めて、それが僕にとってどれだけ大切なものだったかを思い知った。

名古屋にきてから僕は毎晩、気づけば酒を飲むようになっていた。飲み会がないときでも必ず、家でビールを一、二缶空ける。そうしないと安眠できないからなのだが、東京にいた頃には――桐生と暮らしていた頃には、飲酒癖などまるでなかった。

泥酔するほど飲むわけではないが、やはり酒がないと一人寝が寂しすぎて眠れない。実際の行為そのものより、桐生の温《ぬく》もりに包まれて眠れないという状況が辛《つら》いのだ。

まだ離れ離れになって一週間だ。そのうちに一人寝にも慣れる日が来るのだろうとは思っているが、現状としてはやはり寂しいという気持ちが先に立つ。

本当に、どれだけ自分は桐生に依存しきっているんだか、と自身に呆れてしまいながらも、その桐生と一週間ぶりに会えるのだ、東京から遥々《はるばる》やってきてくれる彼を歓待しよう、と、スーパーで食材を選び、帰宅後休む間もなくカレーを作り始めた。

昨夜、料理の本を見ているうちに、ルーから作る手もあるか、と一瞬だけ思ったのだが、失敗すると目も当てられないかと諦《あきら》めた。が、本に載っていたキーマカレーを市販のルーで作るのはどうだろうと思いついたのだ。

挽肉《ひきにく》と茄子《なす》あたりを入れて、そうだ、サフランライスくらいなら僕にも作れるかも、と料理本を熟読した。おかげで、もう一品作るはずの酒のつまみはチーズで代用することとなったが、それでも荷が勝ちすぎるかも、とキッチンに立つと同時に不安になる。

まあ、本のとおりにやれば間違いないだろうと、格闘すること一時間、サフランライスも無事にでき、キーマカレーもまあ普通の味に仕上がった。

サラダは出来合いのを買ってきているので、桐生が到着する十時前に盛りつけをしてと、考えていたところ、インターホンの音が室内に響いた。

「？」

宅配便か何かかな、と受話器を取った途端、画像に映った見覚えのありすぎるほどにある人物に、思わず驚きの声が漏れる。

「桐生！　どうして!?」

時刻はまだ八時前だった。予定では十時ではなかったのか、と問いかけた僕に向かい、桐生がニッと笑いかけてくる。

『慌てて来たものでここのキーを忘れた。開けてくれ』

「ご、ごめん」

急いでオートロックを解除すると、桐生は『どうも』と笑い、中へと入っていった。もう一度、エレベーターホールにあるオートロックを解除したあと、桐生が来るのを待ち受けるために玄関に走る。

予定よりも二時間も早い到着に、僕はすっかり舞い上がってしまっていた。まだ食事の支度は全部済んだとは言えない状態だ。桐生を迎え入れてから、サラダを盛りつけて、ああ、その前に冷やしておいたシャンパンを入れるクーラーを用意して、とあれこれ考えていた僕の前で、鍵を開けておいたことを予想したらしい桐生が玄関の扉を開き笑顔を向けてきた。

「カレーの匂いがするな」

「あ、うん」

顔を見た瞬間、駆け寄って抱きつきそうになった。抱きつくだけじゃなくて、キスもしたい、桐生の腕を背中に感じたいと、そんな欲求ばかりが募る。

対する桐生のほうはそうでもないのか、真っ先に口にしたのは『カレー』だった。お腹《なか》が空《す》いているのかも、と彼を見ると、靴を脱いだ桐生がニッと笑って両手を広げた。

「え?」

そのポーズは? と問いかける。と、桐生は更に両手を広げ、こんな言葉を告げてきた。

「遠慮せず、抱きついてこいよ。キスが欲しいんだろ?」

「……っ」

見抜かれてしまった気まずさゆえその場で固まっていると、桐生が苦笑しながら近づいてきて抱き締めてくれた。

「照れるな、奥様」

「照れてなんか……っ」

いない、と言おうとした唇を桐生の唇が塞《ふさ》ぐ。

「ん……っ」

噛《か》みつくようなキスに、戸惑いも羞恥も照れも一気に霧散し、気づけば僕は彼の背にしがみつき、唇を貪《むさぼ》っていた。

痛いくらいに舌を絡め合い、互いの口内を侵し合う。息苦しさから唇を離そうとしても、桐生の唇はどこまでも追いかけてきて僕の口を塞ぎ続ける。

「……きりゅ……っ」

堪《たま》らず声を上げたが、それは苦しいからというより、込み上げる欲情を抑え込むことができなくなってきたためだった。

桐生がゆっくりと僕から唇を離し、顔を見下ろしてくる。

「……食事にするか？」

ニッと笑って告げた彼の胸に飛び込み、拳《こぶし》で叩く。僕はもうこんなに気持ちも身体も昂《たか》まってしまっているのに、余裕綽々《しゃくしゃく》な桐生が憎らしかったからだが、身体を密着させて感じることができた彼の雄は既に熱く、硬くなっていた。

「…………」

気づいた僕が顔を上げたのと、桐生が笑いながら僕の頬に唇を押し当ててきたのが同時だった。

「お互い、余裕がないってことさ」

そう言ったかと思うと、桐生がその場で僕を抱き上げる。

「うわ」

思わぬ高さが生んだ恐怖に、咄嗟《とっさ》に桐生にしがみつく。と、桐生はそんな僕の耳元に息を吹きかけるようにして囁《ささや》いた。

「奥様がせっかく作ってくれたカレーが後回しになるが、拗《す》ねないか？」

「……拗ねない。どうせたいした出来映えじゃないし」

事実を言ったのに、桐生がぷっと吹き出す。

「やっぱり拗ねてるじゃないか」

「拗ねてないよ」

「いや、拗ねてる」

そんな言い合いをしているうちに桐生は僕を寝室へと運び、シーツを取り替えたばかりのベッドの上にそっと下ろした。

「……一週間、長かった」

僕へと覆い被さってきながら、桐生がそう囁き、唇を落としてくる。

「……うん」

本当に長かった、と頷いたと同時に、その思いが実感となってじわじわと胸に溢れ、涙が出そうになった。

やっと会えた——両手を広げ、桐生の背を抱き締めようとする。と、桐生は優しげに目を細めて微笑み、わかった、というように頷くと身を屈《かが》めてきてくれた。

「ん……」

再び唇を合わせ始めた桐生の手が僕のシャツのボタンを外し始める。僕もまた手を伸ばし、桐生のネクタイを解《ほど》き始めた。

だが、気持ちがキスにいってしまい、なかなか結び目を緩めることができない。その間に桐生は僕からシャツを引き剥《は》ぐと下着代わりのTシャツも脱がし、露《あら》わになった乳首に唇を這《は》わせてきた。

「あっ……やっ……」

ざらりとした舌で舐《ねぶ》られ、すぐに勃ち上がった乳首に軽く歯を立てられる。それだけで堪らない気持ちになる僕は、まったく余裕のない状態だった。

桐生の服を脱がせることなどすっかり放棄し、胸を舐っている彼の髪に指を絡める。そうして更なる胸への愛撫《あいぶ》をねだってしまっていたのは無意識の所作だったのだが、ちら、と目を上げた桐生にくすりと笑われ、はっと我に返った。

「ちが……っ」

何が『違う』んだかと、自分自身に突っ込みを入れる。桐生もそう思ったようで、またもくす、と笑うと再び顔を伏せ僕の乳首を舐め始めた。

「ん……っ……んん……っ……」

一度意識してしまうと、桐生の頭を抱き寄せることができなくなった。そうだ、服を脱がせなければばと思い手を伸ばしかけたのだが、桐生は煩《うるさ》げに僕の手を払いのけると、その手でもう片方の乳首を擦《こす》り上げた。

「やっ……」

二度、三度と擦って勃たせた乳首を、きゅっと摘《つま》まれる。両胸に絶え間なく与えられる強い刺激に、僕の身体はあっという間に欲情の焔に焼かれていった。

「あっ……あぁっ……あっ……あっ……あっ……」

桐生の舌が僕の乳首を舐り、転がし、ときに強く噛む。彼の指先がもう片方の乳首を抓《つね》り、引っ張り、ときに爪《つめ》を立ててくる。

胸はもともと弱いのだけれど、特に痛いくらいの愛撫が好きだ。僕がそれを自覚したのは最近だが、桐生はとうの昔から把握していたようで、執拗《しつよう》に胸を虐《いじ》め続ける。

「やっ……あっ……もうっ……」

下着の中で僕の雄は勃起し、ぱんぱんに張り詰めていた。ボクサーパンツに沁《し》みを作っているだろうと思うとそれも恥ずかしく、腰を捩《よじ》る。と、何より僕の羞恥の念には敏感に反応する桐生の手が下に滑り、手早くベルトを外したかと思うと、スラックスを下着ごと一気に引き下ろした。

「やだ……っ」

勃ちきった雄を晒《さら》され、またも身体を捩ろうとした僕の動きを桐生が制し、先走りの液を滲ませているそれをぎゅっと握り締める。

「駄目だ……っ……いっちゃう……っ」

桐生に直接触られただけで、もう達してしまいそうになっていた僕は、手を伸ばし彼の手から雄を取り上げようとした。が、桐生は顔を上げると、

「いけよ」

と笑い、先端のくびれた部分を親指と人差し指の腹で擦り上げてくる。

「やっ……もうっ……あっ……あっ……」

一番敏感なところを擦られ、僕の雄の先端に透明な液が盛り上がっては竿《さお》を伝って零《こぼ》れ落ちる。ドクドクと脈打つそれは、少しでも気を抜くと爆発してしまいそうで、僕は必死で腰を引き射精を堪《こら》えていた。

いくなら一緒にいきたい。そう願っているのは僕だけなのか、と、まだ少しも服装が乱れていない——それは僕のせいだが——桐生を恨みがましく見上げる。

「どうした？」

問いながら桐生が、僕の雄をぎゅっと握り締めた。

「……一人じゃ……っ」

いやだ、と言おうとしたその言葉を待たず、桐生が爪の先で尿道を抉《えぐ》る。

「やぁっ……」

背を仰《の》け反らせてしまいながらも、なんとか射精を耐えていた僕に、桐生が楽しげに声をかけてきた。

「なんだって？『一人じゃ？』」

「せ、性格……っ」

悪いぞ、とクレームを言おうとすると、また桐生がぐりっと尿道に爪を立てる。

「やめ……っ」

本当にいってしまう、と僕はいやいやをするように激しく首を横に振ると、桐生の動きを止めるべく、彼に訴えかけた。

「一人じゃ……っ……いやだ……っ……せっかく……」

一週間ぶりに会えたのに、と続けたかったが、桐生がまたぎゅっと雄を握り締めてきたため、う、と息を呑《の》んでしまい言葉にならなかった。またも恨みがましく桐生を睨《にら》むと、逆にニッと笑い返される。

やっぱり意地が悪い、と尚《なお》も睨み上げた僕の雄をぎゅっと握ったあと、やにわに桐生は身体を起こし脱衣を始めた。

手早く服を脱ぎ捨てていく彼の姿を、いつしか凝視してしまっていた僕の目に、彼の勃ちきった雄が飛び込んでくる。

ごくり、と喉《のど》を鳴らしてしまった、その音が室内に響く。きっと桐生の耳にも届いたかも、と彼を窺《うかが》い見ると、やはりそのとおりだったらしい彼とばっちり目が合ってしまった。

「思いは同じだな」

ふふ、と桐生が自身の雄を摑《つか》み、僕に示してみせる。

「……うん……」

また、ごくりと唾《つば》を飲み込みそうになり、慌てて堪えた僕に桐生は笑いながら覆い被さってくると、両脚を抱え上げ恥部を露わにした。

指先を口に含んで湿らせ、片手で双丘を割ったそこに、ぐっとその指を挿入させる。

「あっ……」

既に僕の後ろは桐生の突き上げを待ち侘び、内壁がひくひくと激しく蠢《うごめ》いていた。彼の指を締め上げるその動きはあまりにあからさまだと思うのだが、自分の身体なのに制御することができない。

「……やだ……っ」

恥ずかしい、と両手で顔を覆うと、

「今更」

と桐生の笑う声がした。

「ひど……っ」

苦情を述べようとしたが、いきおいよく指で中をかきまわされ、クレームは喘《あえ》ぎへと変じてしまった。

「やっ……あっ……あっ……」

ぐいぐいと奥を抉ってから、すばやくその指を引き抜いた桐生が再び僕の両脚を抱え上げる。

「挿れるぞ」

そう告げたかと思うと、雄の先端を僕の後ろに押し当ててきた。

「あっ……」

ゆっくりと彼の雄が僕の中に入ってくる。かさのはった部分が入り口を広げ、今度は竿の部分を入り口で感じる。そんなふうにじわじわと彼の雄が入ってくるのに、僕は言葉にならないほどの満足感を得ていた。

やがてぴたりと二人の下肢が重なる。奥深いところまで桐生に満たされているという充足に、思わず深く息を吐きかけたそのとき、やにわに桐生が突き上げを始めた。

「あっ……あぁっ……あっ……あっ……あっ……」

互いの下肢がぶつかり合うときに、パンパンと高い音が響き渡る。そんな勢いのある突き上げは僕をあっという間に快楽の極みへと引き上げ、気づいたときにはもう、我を忘れて高く喘いでしまっていた。

「いい……っ……あぁっ……いい……っ……いい……っ……いくぅ……っ」

自分でも何を叫んでいるのかわからない。無意識のうちに僕は、この身が享受している快楽の凄さを、与えてくれている相手である桐生に言葉として伝えたいとでも思っていたのかもしれない。

「ほんとに……っ……あぁっ……いい……っ……きりゅう……っ……きりゅう……っ」

頭の中では何発もの極彩色の花火が上がっていた。それらの光が集まり、次第に目の前が真っ白になっていく。

思考力はゼロ、というよりマイナスとなっていた。朦朧《もうろう》とした意識の中、全身を焼く快楽の焔の熱さに、ただただ悲鳴を上げ続ける。

「あつい……っ……もうっ……ああっ……桐生……っ……もうっ……」

吐く息も、そして汗が迸《ほとばし》る肌も、脳までもが熱に浮かされるうちに、このまま放熱しないとおかしくなってしまうかもという恐怖心が芽生えた。

桐生とセックスする際、僕は常にこの種の恐怖心を味わう。元来、性的にはいたって淡泊だった僕は、セックスがもたらす快感がこうも強烈なものだという知識も体験もなかった。それゆえ、めくるめく快感へと常に導いてくれる桐生との行為の最中、このまま自分はどうなってしまうんだという恐怖めいた気持ちを抱いてしまう。

いつだったか桐生にそれを言ったら「怖がることなど何もないだろうに」と笑っていたが、今回も彼はくすりと笑うと、いかにも仕方がないという素振りで片脚を離し、僕の雄を握り締めた。

「アーッ」

勢いよく扱《しご》き上げられた瞬間僕は達し、白濁した液を彼の手の中に飛ばしていた。

「……くっ……」

射精を受けて収縮する後ろに締め上げられ、桐生もまた達したようだ。低く声を漏らすと、僕の上で伸び上がるような姿勢となった。

達したときの桐生の顔も、そして動作も、上手く言えないのだけれど、どきりとするほどセクシーで、思わず見惚れてしまう。達したばかりだというのに桐生の雄は未だに硬度を保った状態で僕の中に収められていた。

「……きりゅ……」

はあはあと整わない息の下、くちづけを求めて名を呼ぶ。と、桐生はわかった、というように微笑み、ゆっくりと身体を落としてきた。

「ん……」

唇に、頬に、額に、目尻に、細かいキスを落としてくれながら、桐生がすっと身体を引く。

「……あ……」

ずる、と桐生の雄が抜けたのがわかった。どうして、と思わず目を上げた僕に、桐生がニッと笑いかけてくる。

「もう一回……といきたいが、せっかく作ってくれたカレーが明日に持ち越しになるのは悪いからな」

「……それほどのモンじゃないんだけど……」

桐生の気遣いは嬉しかったが、火照《ほて》ったままの身体が次なる行為を欲しているのも事実だった。だがそれを口にするのは恥ずかしいと俯《うつむ》いた僕の腕を、桐生が強く引いて上体を起こしてくれる。

「物足りないか？」

にやり、と笑ってそう言う彼に、

「桐生こそ」

と、視線を未だに硬度を保っている彼の雄へと向けつつ言ってやる。

「まあね」

少しも悪びれない桐生には、何を言っても勝てないや、と諦めた僕は、下着を求めて周囲を見回し、スラックスと一緒にまるまっているそれを見つけて引き剝がした。

「久々の奥様の料理、楽しみだな」

桐生もまた、シャツを着込みながら僕にそう声をかけてくる。

「頼むから、期待しないでくれ」

本来『奥様』という呼びかけにこそ反応すべきなのだろうが、嫌がれば嫌がるだけしつこく桐生は呼び続けるので、敢《あ》えてリアクションをしないでいる。

まあ、あまりに呼ばれすぎてしまって慣れたということもあるのだが、それはさておき、ただでさえ得意じゃない料理、しかも今回、初めてのメニューなだけに、できるだけハードルは下げておいてもらいたい、と桐生に訴えかけると、

「期待しまくりだ」

桐生はわざと意地悪を言って、服を着るのを手間取っていた僕に屈み込み、額に唇を押し当てるようなキスをした。

「……もう……」

睨み上げた僕にまた、軽くキスし、「行こう」と手を差し伸べてくる。

「うん」

ようやく服を着終え、彼の手を取ってキッチンへと向かう。僕たちはこうして家の中でも手を繋ぐことが時々あった。桐生の手は指が長くて大きくて、その手に包まれるとなんとも

いえない安心感を得ることができる。今日も彼の指先からじんわりと、温もりと共にその『安心感』が伝わってきたのが嬉しくて、ぎゅっと握り返すと、桐生は肩越しに僕を振り返り、なに、というように目を見開いた。

「……なんでも……」

こうして手を繋ぐのが好きだ、と言いたかったけれど、照れくさくて言葉にできず、またぎゅっと彼の手を握る。

「誘うなよ……食事が終わるまではな」

桐生はそう言いながらも、僕の手を一段と強い力で握り返してくれたのだった。

僕が普通のカレーではなくキーマカレーを作ったことに、桐生は相当驚いたようだ。

「サフランライスまで作るとは」

凄いな、と感心し、ルーが市販であることと、サラダも出来合いであることには目を瞑《つむ》ってくれた。

その後、ワインを飲みながらリビングで話をしたが、その間中桐生はずっと僕の手を握ってくれていた。話題は僕の名古屋での仕事のことだったり、桐生が今かかわっているビジネスの概要だったりで、来月には三週間ほど米国出張に行かなければならないと告げられた。

「……三週間……」

そんなに長い間、と思わず呟くと、

「少し長いな」

桐生もまた、ぽつりと呟き、ワインを呷《あお》った。

「途中、抜けられそうなら顔を見にくる」

空になったグラスをテーブルに下ろし、桐生が僕の手を握り締める。

「それは……悪いよ」

以前も米国出張の際に、桐生は土日を使って一泊三日の帰国という強行軍をとってくれたことがあった。そのときに起こった様々なことが一気に蘇《よみがえ》り、申し訳なさから僕は首を横に振ったのだが、桐生はそんな僕の肩をもう片方の手で抱き寄せ、髪に顔を埋《うず》めてきた。

「悪いことはない。が、期待はしないでくれ。今度の出張はかなりハードになりそうなんだ」

「ハード？　肉体的に？　精神的に？」

桐生がそんなことを言うなんて珍しい、と驚き、つい問い返してしまった僕に、桐生は、一瞬、しまったな、という顔になったが、すぐにふざけた仕草で肩を竦めてみせた。

「両方……だが、たいしたことじゃない」

「桐生……」

こんなことを思うのはどうかと自分でも反省するのだが、今、僕は、桐生が一瞬弱みを見せてくれた気がして、それを嬉しく感じてしまった。

僕に心を許しているから、弱みも見せてくれたのだろう。でも、弱っているのを嬉しく感じるだなんて、人としてどうなんだろう、と思い、口にするのはやめておく。

「少し酔ったかな」

ふふ、と桐生が笑い、僕の顔を覗《のぞ》き込んできた。ワインを二人で一本空けたが、酒に強い桐生はそれくらいで酔うことはない。

彼としたら、僕に弱みを見せたことを、酔いで誤魔化したいだろうな、と察し、一抹の寂しさを覚えつつも僕は「そうだね」と頷くと、彼の胸に身体を寄せた。

寂しさは、桐生が『弱み』を見せたことを悔いていると感じたためだ。今後も彼は僕の前で虚勢——といっては失礼だが——を張るほうを選んだのかと思うと、やはり少し寂しい。

でもまあ、確かに、僕に悩みを打ち明けたところで、何か解決策を思いつくわけでもなく、ただ『大変だね』としか言えないだろうことは、目に見えている。桐生もそう思っているんだろうな、とわかるだけに何も言えない、と俯き、グラスに残っていたワインを飲もうとしたとき、桐生の手が伸びてきて、僕からグラスを取り上げた。

「なに？」

はっとし、問いかけた僕と額を合わせ、桐生が囁いてくる。

「……そろそろ、ベッドに行かないか？」

「うん」

頷き、彼と共に立ち上がる。未だに繋いだままの手にぎゅっと力を込めると、桐生もまた、強く握り返してくれた。

来月は三週間もの長い間、会えない時期が続く。その分、せめてこうして共にいられる時間は大切にしたい、とまた、ぎゅっと手を握る。

「気が早いぞ」

桐生には言葉にしなくても、僕の気持ちが伝わってしまうようだ。全部顔に出てるってことかな、と反省しつつも、優しく微笑む彼の手をまた、強く握り締める。

「なんなら一緒にアメリカに来るか？」

そう言い、僕の手を握り返してくれた彼に、

「無理だよ」

と答えながらも、今度は僕が休暇を取って米国を訪れるというのもありかもしれない、とふと思いつき、その思いつきに酷く興奮した。

「どうした？」

またも顔に出ていたのか、桐生が不審そうに問いかけてくる。

「なんでもない」

実際、休みがとれるかわからないし、もし行かれたとしても、できれば桐生には内緒にしておいて、現地で彼を驚かせてやりたい。

そう考えた僕は、不自然にならないように首を横に振ると、

「変な奴」

と笑った桐生に身体を寄せ、彼の手をまたぎゅっと強く握り締めたのだった。

3

金曜日の夜から土日にかけて、僕と桐生は殆《ほとん》どの時間を二人一緒に過ごした。

桐生が名古屋で二泊もするのは初めてだったので、観光めいたことをしようかと実は考えていたのだが、外出はほぼしなかった。

外に出たのは土曜日の昼食に、ひつまぶしを食べに熱田神宮近くまで行ったくらいで、帰り道の大型スーパーで食材を仕入れ、その後の食事はすべて桐生が作ってくれた。

時間が経《た》つのはあっという間で、最終ののぞみに乗るために駅へと向かう桐生を見送るために、僕も彼と一緒に家を出た。

「そうだ、そういえばこのマンションに、ウチの部長が住んでいるんだって」

エレベーターの中で、ふと、そのことを思い出した僕が告げると、桐生は少し驚いたように目を見開いた。

「ファミリータイプは随分高いと聞いていたが……」

要は弊社の管理職の収入では買えないのではないか、と言いたそうな桐生に、

「老舗の呉服店の跡取りだそうだよ」

と教えると、桐生は納得したように「なるほどね」と頷いたあとに、どこか憮然《ぶぜん》とした顔になった。

「なに？」

問い返したと同時に、その理由に気づく。

「……多分、顔を合わせることはないと思うけど……」

桐生が借り上げ社宅に入る予定だった僕にこのマンションを用意したのは、人目を気にせず通えるから、と言う理由があった。同じマンションに、直属の上司が住んでいるとわかり、不機嫌になるのもわかる、とフォローしようと試みる。と、桐生は苦笑するように笑い、エレベーター内が無人であるのをいいことに僕の腰を抱いてきた。

「そうだな。顔を合わせたところで、ただ友人が訪ねてきたと思われるだけだろう」

言いながら桐生がいきなり僕の唇を塞いできたものだから、驚いたあまり反射的に後ずさる。と、桐生はまるで外国人のような大仰な素振りで両手を頭の上まで上げると、

「こういうところを見られさえしなければいいだけのことだ」

そう言い、にやりと笑ってみせた。

「……なら、外でやるなよ」

僕が桐生を睨んだのは別に人目を気にしたせいではなかった。今、キスなどされてしまったら、別れがたさが募るからだ。

また一週間、桐生がいない日々が始まる。名古屋に来る前から離れ離れになることは覚悟していたはずなのに、実際日曜日の夜が近づいてくると寂しくて堪らなくなる。

だがそれを顔に出すことはやはり躊躇《ためら》われた。

桐生は僕のために、僕が東京を離れず、ずっと一緒にいられるような道を用意してくれた。彼の下で働かないかと誘ってくれたのだ。

それを断ったのは誰でもない、僕だ。昼も夜も、桐生と共にいられる、そんな生活は夢のようだったが、そうしていつまでも桐生の庇護《ひご》のもとにいるのでは自分が成長できないと、僕は今の会社に残り転勤する道を選んだのだった。

桐生に相応《ふさわ》しい男になりたい。せめて今の会社で、何かしらの足跡を残せるくらいには成長したい。

僕の決意を桐生はわかってくれ、二人は離れて生活することになった。自分でその道を選んだくせに『寂しくて堪らない』なんて言う権利は、僕にはない。

だからできるだけ平気な顔をしていようと思うのだけれど、駅が近づくにつれ——そして、桐生の乗る最終ののぞみの発車時刻が近づくにつれ、寂しさは募った。

ぎりぎりまで部屋で過ごしてしまったため、駅にはタクシーで向かった。後部シートに二人並んで腰掛けた僕たちは運転手の目に触れないよう気をつけながらずっと手を繋いでいた。

自然と会話は途絶え、しんとした車内に、ラジオの音が響く。ちょうど全国の天気予報を告げ始めたラジオから、東京の天気が流れてきたのに、僕は思わず耳を傾けた。

「雨、だって」

東京の天気を聞き終え、そう桐生に言うと、桐生は暫《しばら》く無言でいたが、やがて、

「名古屋も雨だそうだな」

と僕に笑いかけてきた。ああ、僕のために名古屋の天気まで聞いてくれていたんだ、と桐生の手を握ると、桐生もまた、ぎゅっと僕の手を握り返してくれた。

のぞみがホームに入ってくるまで、殆ど時間の余裕はなかった。新幹線のホームにはぽつぽつと人がいたが、そう混雑はしていなかった。

いよいよ、のぞみがホームに入ってくるアナウンスが聞こえ、さすがに人目を気にして繋いだ手を離していた僕は改めて桐生を見上げた。

「来週は僕が行くから」

「いや、また俺が来る」

桐生が素早く周囲を見回したあと、僕の頬に掠《かす》めるようなキスをする。

「…………」

桐生の唇が触れたところを思わず手で押さえてしまったのは、唇の感触を閉じ込めたいという気持ちに他ならなかった。

「なんだ、今日は『人目が』とは言わないんだな」

それなら、と桐生が笑って僕を抱き寄せようとする。

「ちょ……っ。桐生……っ」

そのまま唇にキスをされそうになったので慌てて彼の腕から逃れようとし暴れると、桐生はさも楽しそうに笑い声を上げ、身体を離した。

「冗談だ。それじゃな」

きっと彼は、一週間の別れに落ち込む僕を見かねて、そんな悪ふざけをしてくれたんだろう。そう気づいたとき、ちょうど新幹線がホームに入ってきた。

「やっぱり来週は僕が行くから」

ドアへと向かう桐生の背に声をかけ、彼の上着の裾《すそ》を摑む。

「いいって。また俺が来るよ」

肩越しに振り返って桐生はそう言うと、ぱち、とそれは魅惑的なウインクをしてよこした。

「奥様の手料理を楽しみに」

「駄目だ。僕が行く」

即答してしまったのは、桐生の口に合うようなものを作る自信がなかったからだったのだが、そんな僕を見て桐生はまた楽しげな笑い声を上げた。

「ジョークだ」

開いた扉から、桐生がのぞみに乗り込んでいく。

「それじゃ、また来週」

「うん、また来週」

グリーン車に乗るのは桐生だけだったので、扉前を占領できたのは有り難かった。とはいえ、列車が停まっていた時間は本当に僅《わず》かで、すぐにプシュ、という音と共に重い扉が閉まる。

「桐生……っ」

ゆっくりと動き出した新幹線を追い、僕もホームを歩きかけた。が、ドアのところに佇《たたず》んだままでいた桐生が苦笑したのを見て足を止めた。

映画やドラマじゃあるまいし、と言いたげな顔をしていた桐生の端整な容貌が、あっという間に遠ざかっていく。

「……桐生……」

名を呼ぶとまた、一週間も顔を合わせることができないやるせなさがより募った。本当に安手のドラマのようだと思いながらも僕は、既に欠片《かけら》ほどの姿も見えない新幹線の去っていったホームに暫くの間——次の新幹線がホームにやってくるというアナウンスが入るまでの間ずっと佇み、幻の桐生の笑顔を頭に思い描いていた。

月曜日、少し寝坊をしてしまったために慌ててオフィスに駆け込むと、なぜか課員たちが皆、一様にはっとした顔になった。

「おはようございます」

「お、おはよう」

どうしたのかなと思いながらも挨拶をする。と、答えてくれたのは神谷さんだけで、木場課長代理も愛田も、そそくさと席を立ってしまった。

「？」

それでいて、ちらちらと僕を振り返っているのはどういうことなんだろう、と首を傾げながらも席に着き、パソコンを立ち上げる。

神谷さんはそんな僕を何か言いたそうな顔で見ていたが、僕が顔を上げると、はっとしたように目を逸らし、やはりそそくさと席を立ってしまった。

「？？」

一体何が、とますますわけがわからないと思いつつ、アウトルックを開く。仕事メールの他に、登録してある日経のニュースメールがいくつか入っているその中に、いきなり僕の名前が記された件名のメールを見つけた。

「え？」

『自動車部・長瀬秀一《しゅういち》について』

どき、と変に胸が高鳴ったのは、なんともいえない嫌な予感がしたためだった。メールはフリーメールのアドレスからで、差出人に見覚えはない。

メールを開くのにマウスを操作する指先が震える。だが見なければ何も始まらない、と勇気を出し、クリックした途端飛び込んできた大きな文字に、僕の心臓はこれ以上ないほどに高鳴った。

『東京本社から異動してきた自動車部の長瀬秀一について。彼は愛人に用意してもらった高級マンションに住んでいます。五十万円相当の家賃は勿論愛人もちです。三友商事の社員として恥ずかしいとは思いませんか』

「…………」

フォントの大きなゴシック体の文字が、画面いっぱいに広がっている。一体なんなんだ、これは、と僕はただただ唖然としていたが、周囲から浴びせられる視線に、はっと我に返った。

ぐるりと周りを見渡すと、皆、それぞれに目を伏せたり逸らせたりするが、次の瞬間には再び好奇の色が濃い視線が戻ってくる。

もしやこのメールは僕だけじゃなく、皆のところにも届いているのだろうか。だから、木場課長代理や愛田、それに神谷さんの様子がおかしかったのか——？

しかし、誰がこんなことを、と僕は震える手で再びメールを開いてみた。

もう一度本文をじっくり読み、アドレスを見る。宛先がBCCで僕宛《あて》になっていたところを見ると、予想したとおり広く撒《ま》かれたものなのではないかと思われる。

酷い中傷だが、マンション名や部屋番号は正しかった。人事部に届け出をしたり、部内の緊急連絡網に入れたりしているので、僕の住所を知っている人間は社員には結構いるが、外にはそう漏れていない。

ということは、社員がこれを書いたのか？　しかしなんのために？　嫌がらせか？　嫌がらせだとしたらなぜ僕に？

頭の中をぐるぐると様々な考えが浮かんでは消える。

今までこうも剝《む》き出しの敵意、悪意というものを、人からぶつけられたことがなかったため、動揺が激しすぎて思考がまったくまとまらない。それで僕は中傷としかいいようのないメールを開いたまま暫し呆然《ぼうぜん》としてしまっていたのだが、不意に肩を叩かれ、はっと我に返った。

「長瀬君、ちょっといいか？」

声をかけてきたのは小山内部長だった。

「は、はい……っ」

答える声がひっくり返ってしまう。慌てて振り返った視界に、部長が僕のパソコンの画面からすっと目を逸らした姿が飛び込んできた。

「す、すみません」

慌ててメールを閉じ、立ち上がって既に歩き出していた彼のあとに続く。

「驚かせて悪かったね。結構何度か呼びかけたんだけど、聞こえなかった？」

部長の向かう先は、フロアの角にある会議室のようだった。道すがら、肩越しに振り返った彼にそう言われ、まったく気づかなかった、と僕はまたも慌てて詫びた。

「すみません、気づきませんでした」

答える声は、自分でも驚くくらいに掠れていた。まだ動揺がおさまっていないこともあるし、いきなり部長に呼ばれた理由は、もしやあのメールの件では、と気づいたためだ。

それ以外に呼び出される心当たりはないし、と部長の背中へと視線をやったとき、僕たちは会議室へと到着した。

「どうぞ」

先に部屋に入った部長は、自分は下座に座り、僕に上座のソファを示してみせた。

「あ、いえ、部長、どうぞ」

頭の中は真っ白になっているというのに、サラリーマンの習性として、上座を勧める僕に、

「いいから座りなさい」

と部長は笑って、ほら、とソファを目で示す。

「……すみません……」

あまり固辞しても、ごますりが顕著だと思われそうで、仕方なく僕は言われるがままにソファに腰掛け、部長と向かいあった。

「忙しい朝に悪いね」

「いえ……」

にこにこと笑いながらそう声をかけてきた部長に、普段と変わったところはない。が、用件はやはり、僕が思ったとおりのものだった。

「ところで、今朝、僕のところにおかしなメールがきた。どうも皆のところにも来ているらしい。君のところにも来たかな？　君が住んでいるマンションの家賃を他人が払っているという内容の……」

「…………はい、きました」

やはり僕だけじゃなく、皆のところにもあのメールが届いていたのか——予想はしていたが、実際そうだと知らされた今、頭を鈍器で殴られたような衝撃を覚えてしまっていた。

きっとこのあと、部長は僕に事実関係を問い質《ただ》してくるんだろう。事実無根だとしか答えようがないが、誰から借りているのか等、詳細を問われるに違いない。

僕が実際にお金を振り込んでいるのは、桐生の父親の友人である不動産業者にだが、もしも僕が業者名を告げたら、迷惑がかかることになるのではないだろうか。

破格の値段で貸している理由を問い質されるのも迷惑だろうし、騒ぎにでもなれば愛人のためにマンションを買ったことが奥さんに知れ、夫婦間の揉《も》め事に発展しかねない。下手したらその不動産業者の社長が僕の『愛人』ということにされてしまうかもしれない。となるとその人だけでなく、紹介してくれた桐生にも迷惑がかかることになる。

本当にもう、どうしたらいいんだ、と途方に暮れていた僕の耳に、部長の声が響く。

「酷い中傷だが、こんなメールを送ってくる相手に心当たりはないか？」

「……え？」

実に同情的な部長の声音があまりにも意外だったせいで、僕は思わず顔を上げ、まじまじと彼を見つめてしまった。

「ん？」

部長が、どうした、というように少し小首を傾げ問いかけてくる。

「あ、いえ、その………」

問い詰められるのかと思った、と言いかけ、それじゃまるで後ろ暗いところがあるみたいかと気づいて口を閉ざす。と、部長は、僕が言いたいことを察したらしく、ふふ、と笑って肩を竦めた。

「誰がどう見てもこのメールは中傷じゃないか。ざっと聞いた感じ、フロア中の社員にばらまかれているようだし、酷いことをする人間もいるものだね」

「……え……」

部長の言葉の前半に安堵し、後半に愕然《がくぜん》とする。覚悟はしていたがフロアの社員全員にあのメールが送られていたのか、とショックを受けていた僕の顔を、部長が身を乗り出し覗き込んできた。

「大丈夫か？　真っ青だぞ」

「……あ、はい……」

あまり大丈夫ではなかったが、そうともいえず、無理矢理笑顔を作って頷く。と、部長は苦笑するように微笑み、更に身を乗り出すと、僕の肩を叩いた。

「まあ、大丈夫じゃないよな。東京じゃこんなこと、なかったろ？」

「はい、まったく……」

頷いた僕に、部長が「ということは」と首を捻《ひね》る。

「名古屋に誰か、君に嫌がらせをしようとしている人間がいるということだろう。何か心当たりはないかな？」

「心当たり、と言われても……」

正直、まったくないとしかいいようがない。困り果てていると部長も、

「まあ、着任してまだ二週間だし、恨みを買う暇もないよな」

と、僕の困惑に同調してくれた。

「言っちゃなんだが、逆ならまだわかるんだ」

「逆？」

また、意味がわからず問い返すと、部長は少し言いづらそうな素振りを見せたあとに『逆』の説明をしてくれた。

「支社から東京本社に異動する奴が、なかなか本社に戻れない奴に恨みを買う、というパターンなら、まあない話じゃない。勿論、たとえ面白くなく思ったとしても、ウチの社員がこんなつまらない真似をするわけがないとは思うが」

「…………そうですよね……」

実際、そのとおりだと僕も思う。だが、社員以外に僕の住所を知っている人間はいないので、このメールの送り主は社員ということになるんじゃないかとも思う。

社員からにしても、社外の人間からにしても、こんな嫌がらせを受ける覚えはないのだが、と、僕はこの二週間で自分が出会った人間を一人ずつ思い浮かべてみた。

自動車メーカーの担当者や、販売会社の営業マンなど、話はしたが、担当が交代になったという挨拶が主で、住居がどことというようなプライベートな話は一切していない。

三枝に連れていかれたキャバクラでも、そんな話題は出なかったし、あのときは三枝の送別がメインだったから、どちらかというと僕は蚊帳《かや》の外で、女の子たちと会話もそう持たなかった。

他に、誰に会ったか、と頭を絞っていた僕は、いつしか一人の思考の世界に入り込んでしまっていたようだ。

「まあ、そう気にするな」

ぽん、と部長に肩を叩かれてそれに気づき、慌てて「すみません」と頭を下げた。

「……といっても当人としては気にはなるだろうけど、敢えてここは気にしないでいこう。誰もこんなつまらない中傷を本気にはしないよ」

「……はい……」

部長はそう言っていたが、僕を見る社員たちの目は『本気にしない』といった感じじゃなかった。

中傷の内容を信じたかどうかは別にして、少なくとも僕が人から嫌がらせを受けるような人間だという認識を持たれたことは間違いない。

着任して二週間、引継ぎが主だったので、親しく会話を交わした相手は殆どいない。去年支社勤務となった同期に宮脇《みやわき》という男がいるが、彼から『同期会をやろう』というメールをもらってはいるが、直接話したことはまだなかった。

一番『親しい』といっていいのが、課内の人たちだが、彼らも僕とはかかわりを持ちたくなさそうだった、と、次々と席を立っていった姿を思い出し溜め息をつく。そんな僕の心が手に取るようにわかるのか、部長はまた、肩をぽんと叩くと、

「部内の人間には僕から一言言っておくから」

大丈夫だ、と頷いてみせた。

「ありがとうございます……」

たとえ部長から何か言われたところで、色眼鏡で見られることは変わらないだろう。そんな悲観的な考えがどうしても頭に浮かぶ。が、せっかく気を配ってくれるという部長に悪いと思い僕はなんとか笑顔を作り礼を言った。

「しかし『愛人』という中傷は珍しいな」

部長はよくよく人の心が読めるらしく、僕が落ち込んでいるのを気遣い、わざとらしいくらいのハイテンションで話しかけてきた。

「まあ、長瀬君くらい綺麗だったら『愛人』説もわからないでもないけど」

「あの、愛人とかじゃありません。本当に事実無根ですから……」

部長はメールの真偽をまるで問うてこなかったが、それを僕はてっきり、メールが『中傷』であると信じてくれたせいだと思っていた。

が、今の言いぶりでは、事実だと思われていたのかも、と思え、慌てて異議を申し立てると部長は、

「そんなの、わかってるって」

さも可笑《おか》しい、というように笑い始めた。

「誰々の愛人だとか、『パパ』にマンション買ってもらっただのっていうのは、女の子に対する中傷っていうイメージだったけど、長瀬君くらい美人なら男もアリなのかな、と思ったってだけの話だよ」

「……それはどうかと……」

美人だの綺麗だのと言われ、リアクションに困る。多分部長はジョークで言っているのだろうとはわかるが、ここで何も言わないと本気にしたととられる危険があるし、謙遜《けんそん》したらしたでやはり本気に取ったのかと思われるだろう。

だいたい、『綺麗』や『美人』というのは、男に対する言葉じゃないだろう、と心の中でぶつぶつ文句を言いながらも、話を戻そうと口を開いた。

「実際、あのマンションは友人の父親のツテで、破格の安さで借りているんです。相場が五十万かどうかはわかりませんが、愛人だのなんだのと噂が立つと、僕に部屋を貸してくれている人にも迷惑がかかるんじゃないかと……」

それが心配だ、と続けようとした僕に部長は、

「それもわかってるよ」

と笑顔で頷いてくれた。

「今回の件は、悪戯にしてもタチが悪いからね。人事やＩＴと相談の上、対策を練るつもりだ。ウチのＩＴの能力がどれほどのものか、ちょっと疑問符がつくが、今後は二度とこの手

のメールが来ないよう徹底させる。本来ならフリーのアドレスから多くの社員に送られてくるようなメールは、スパムとしてチェックされるべきだからね」

安心してくれ、と部長はまた笑い、「そろそろ行こうか」と立ち上がった。

「……はい……」

頷き、部長に続いて部屋を出る。フロアの皆がじろじろと僕と部長を見ているのがわかり、やはりあまり気持ちのいいものじゃないな、と思っていると、不意に部長が僕の肩を抱き、明るく声をかけてきた。

「あまり気にすることはないよ、長瀬君。ただの中傷だ。疚しいことは何もないのだから、堂々と胸を張っているといい」

「……あ、ありがとうございます」

フロアに響き渡るような大声を部長が上げたのは、皆の白い目を払拭《ふっしょく》してくれようとしたからに違いない。有り難いとは思ったが、かえって注目を集めてしまったのも事実で、フロア中の好奇の目が光る中、僕は部長に肩を抱かれたまま自席へと戻った。

課の皆は既に着席しており、それぞれの仕事をしていた。僕が席についたのを見て、皆一斉に、はっとした顔になったが、声をかけてくる人間はいなかった。

「おはよう」

そんな中、一人、姫宮課長だけは僕にそう声をかけたあと「おはようございます」と挨拶を返した僕に、にこやかに話しかけてきた。

「小山内部長、なんだって？」

「あ、あの……」

途端に課内に緊張が走ったのがわかり、そのせいで僕は一瞬、言葉を失ってしまった。と、課長が何かに気づいた顔になる。

「もしかしてあのくだらない中傷メールの件かな？」

「え」

またも絶句してしまったのは、誰一人、例のメールには触れてこなかったというのに、それをあまりにもあっさりと彼が口にしたためだった。

「か、課長……」

課員たちも皆、啞然として課長と僕を代わる代わる見つめている。と、課長は、何を見ているんだというように課員たちを見渡したあと、再び僕へと視線を戻し、にっこりと、それは優雅に微笑んでみせた。

「誰もあんなくだらないメールを信用なんてしないだろう。気にすることはないよ」

「あ、ありがとうございます」

課長もまた、部長と同じく僕をフォローしてくれるつもりらしい。ありがたいことだ、と心の底から思いながら頭を下げた僕の耳に、課長の憤った声が響いた。

「本当にくだらないよ。聞けば支社の人間全員にメールが届いているというじゃないか。こんなくだらない悪戯をそうも大事《おおごと》にしたいという、その気持ちがまずわからないね」

「……あ、ありがとうございます」

礼を言うために顔を上げると課長の、怒りに頬を紅潮させた綺麗な顔が目に飛び込んできた。自分のことでもないのに、そうも憤ってくれる課長には感謝の念を抱いていたが、今の彼の言葉の内容はぐさりと僕の胸に突き刺さった。

あの中傷メールは、このフロアだけじゃない、支社の全社員に配信されていたのか――それを知らされたショックは大きく、礼を言う声が震えてしまう。

課長はそんな僕に、

「大丈夫だよ」

と優しく微笑んでくれたのだが彼に微笑み返す心の余裕は、既に僕から失われていた。

4

いつも昼食は課員でとると決まっていたが、その日の昼食時、僕に声をかけようとする者は誰もいなかった。

あからさまな拒絶はしないが、先週まで「ほら、長瀬、いくぞ」と声をかけてくれていた木場課長代理も、十二時のチャイムがなる少し前に、

「そろそろ昼、行くか」

と皆に声をかける感じでそう告げ席を立った。

「課長もいきましょう」

愛田がちらと僕を振り返ったが、やはり声をかけてくることなく、課長だけを誘って席を立つ。

「ああ、すぐ行く」

姫宮課長は愛田に頷いたあと、

「長瀬君」

と僕に声をかけてきた。

「食事に行こう」

「……あ、すみません……」

木場課長代理や愛田の態度を見ると、とても僕と一緒にランチをとりたいと思っている雰囲気ではなかった。

「ちょっとやりたいことがありますので……」

それで姫宮課長の誘いを断ったのだが、課長は僕が思っていた以上の引き際の良さをみせた。

「そう？　それなら仕方ないね」

別に僕も、『それでも』と誘ってくれることを期待したわけじゃない。が、こうもあっさり引かれてしまうと拍子抜けしたのも事実だった。

勝手なことを言っているとは自分でも思う。が、僕のためにああも熱くなってくれた姫宮課長なら、食事の誘いに乗らないのは課員たちの目を気にしたせいだとわかってくれるのではないかという期待を、無意識のうちにしてしまっていたようだ。

『やりたいこと』は特になかったが、『やるべき』ことはいくらでもある。それが『今』ではないだけだ、と一人溜め息をつくと僕は、近所のコンビニでサンドイッチでも買うことにしよう、と席を立った。

エレベーターホールでエレベーターが来るのを待っていると、談笑しながらやってきた同じフロアの社員たちが僕を見て、ぴた、と話をやめた。あとから来た数名の女子社員も同じく、それまでうるさいくらいの声で話していたというのに、僕の存在に気づいた途端、はっとした様子で口を閉ざす。

しんとしたエレベーターホールでそれから二分ほど僕は皆の好奇の視線に晒されることとなった。沈黙が痛い、と思いながら、ようやく来たエレベーターに乗り込む。

「あ」

と、他のフロアの女性社員が、僕を見て小さく声を上げた。

「ミカ」

一緒にいた友達と思《おぼ》しき女性社員が、慌てた様子で声を上げた子に注意をしつつも、ちら、と僕を振り返る。

「…………」

ミカと呼ばれた女の子は確か、担当経理の子だった。三枝に紹介された記憶がある。あの様子だと彼女たちにも中傷メールは届いているのだろうな、と思わず溜め息を漏らしそうになった僕の耳に、姫宮課長の声が蘇った。

『聞けば支社の人間全員にメールが届いているというじゃないか』

本当に支社中にあのメールはばらまかれているのだろうか。となるとどこへ行っても白い目で見られることになるのか。このエレベーターの中のように、と周囲を見回したとき、ちょうどエレベーターが一階へと到着した。

徒歩三分ほどの距離にあるコンビニでサンドイッチと野菜ジュースを買い、事務所に戻る。席で一人で食べるのは、東京にいた頃から別に珍しいことではなかった。忙しいと昼休みも惜しいので、よく一人でサンドイッチや弁当を買って上がったものだ。

フロアを見渡すと、やはり一人席で食べている社員も数名いた。そのことになんとなく安堵しつつ、せっかく席についたのだから、とスリープ状態になっていたパソコンを立ち上げ、メールをチェックする。

その瞬間、僕の目に新着メールの件名が飛び込んできた。

『ご存知ない方のために』

アドレスが、朝の中傷メールと同じであることに気づいた僕の胸が、どきり、と変に高鳴る。添付のついたメールを開くのは恐ろしかったが、見ないでいることはできず、おそるおそるクリックしてみた。

『ご存じない方のために、これが長瀬秀一です。二枚目は彼の住んでいるマンションです』

文面を見た瞬間酷い衝撃を受けたが、添付ファイルを開いたときには更なる衝撃が待っていた。

二枚の写真の一枚目には僕が写っていた。いつ撮られたかまったく覚えがないが、昼間、会社を出るところのようだ。多分、昼食を外に食べにいったときか何かのようで、隣には課員たちも写っていたが、ご丁寧に僕以外は顔をぼかしてあった。

二枚目は不動産会社の広告のようで、僕と同じマンションの外観の写真と、賃貸物件の部屋が掲載されていた。家賃の欄には『五十万』と書いてある。しかしこの物件は最上階の一階下だし、部屋が違うじゃないか、と眉《まゆ》を顰《ひそ》めたが、次の瞬間には、間取りがまるで同じだということに気づいてしまった。

その途端、背筋を冷たいものが走る。誰だかわからないこの中傷メールの主は、僕の部屋の間取りを知っているということだ。

マンションの部屋番号を知っていればわかるのかもしれないが、それと同じ間取りの賃貸物件を探してくるなんて、執念じみたものを感じてしまう。

このメールもまた、支社の全員に届いているのだろうか。これを見て初めて僕は、中傷メールが支社の全社員に送られたとしても、僕の顔を知る人間は、関係部署以外はこのフロアにほぼ限られていたということに気づいたのだった。

メールが届いたとしても『誰?』と思う人も多かっただろうに、これで皆に僕の顔が知られてしまった。それを思い知らされたメールを僕は溜め息とともに閉じた。

既に食欲はなくなっていた。だが、買ってきたサンドイッチと野菜ジュースを放置することもできず、がさごそと音を立ててコンビニの袋から取り出す。

サンドイッチを無理矢理口に押し込み、ジュースで飲み下しながら僕は、一体どこの誰がこんなメールを配信しているのかを考え始めた。

人に恨みを抱かれる覚えはまるでない。仕事上のトラブルもなければ、友人関係で揉めている相手もいない。

友人、という単語が頭に浮かんだと同時に、もしやこの中傷メールは、支社だけでなく全社に送られているのでは、という考えが浮かんだ。

「……っ」

そんな、と愕然としたが、すぐ、もしもそんなメールが届いたら、前の課員や同期から『なんだ、これは』という連絡がくるだろう、と思い直す。

その程度の人間関係は築いてきたつもりだ。そう考えながらも、サンドイッチを持った手は完全に止まってしまっていた。

結局、昼食は殆ど食べることができず、捨てることになった。午後になっても課員たちが僕に話しかけてくることはなく、被害妄想かもしれないが、周囲からの視線も痛かった。

三時頃、部長からメールがきた。

『注意事項』という件名に、またも僕の胸がどきりと高鳴る。

何を注意されるのか、と思いつつ開くと、それは部員全員にあてられたメールで、僕にはBCC として落ちているだけだった。

『今朝、部員の一人を中傷するメールが届いているかと思うが、内容については言うまでもなく事実無根である。メールの発信者について心当たりがある者は申し出てほしい。今、人事部とIT企画部と共に、発信者の特定を急いでいる。繰り返すが、くれぐれもつまらない中傷に踊らされることのないように』

「…………」

おそらく部長は、中傷メールの主が僕の写真まで撮って支社中にばらまいたことを受け、動いてくれたのだろう。

最初のメールだけでも、『悪戯』の範疇《はんちゅう》を越えていたが、二度目のメールは更なる悪意を感じさせるものだった。それで僕をフォローするようなメールを打ってくれたに違いない。

部長の気遣いに心から感謝しながらも、だからといって皆の僕への接し方がもとに戻るだろうと楽観視することはできずにいた。

だが、気持ちは嬉しい、と僕は部長に『お気遣い本当にありがとうございます』とメールした。部長からはすぐに返信がきたが、そこには、

『無理かとは思うが気にするなよ』

の一文のあと、IT企画部への調査依頼のメールのコピーが貼られていた。

結局その日は一日、人目を気にしてしまって仕事にならず、定時のチャイムが鳴ったと同時に僕は席を立った。

「お先に失礼します」

皆に挨拶をしたが「お疲れ」と声をかけてくれたのは、姫宮課長ただ一人だった。帰宅を急いだ理由は、いたたまれなさを感じたためと、もう一つ——というより、これがメインだったのだが、今回の件を桐生に相談するか否か、それをじっくり一人で考えたいためだった。

桐生には勿論、つまらないことで心配などかけたくはない。が、彼の世話になった住居が中傷の対象となっているだけに、桐生や、桐生の友人ということで僕に部屋を提供してくれた彼の父親の友人に迷惑をかける危険がある。

事前にその旨を知らせておいた方が、何かあった場合すぐに対策をとれるだろう。伝えるべきだ、と、理性ではそう判断できるのに、感情が少しでも絡むと躊躇《ちゅうちょ》せずにはいられない。

心配をかけたくないという以上に、桐生には自分が嫌がらせを受けていることを知られたくなかった。いいかっこしいだと自分でも思うし、そんなこと言ってる場合かよ、ということも勿論わかっているのだが、やはり打ち明ける勇気は出なかった。

普通に生活していれば、そうそう誹謗《ひぼう》中傷の対象になりはしないだろう。裏を返せば、こうして中傷されるのは、自分が『普通に』生活できていないからじゃないかと、どうしても思えてきてしまう。

桐生に相応しい男になりたい。そう思って名古屋へ行く道を選んだというのに、その名古屋で人から中傷され、孤立している。そんな状況を桐生には知られたくなかった。

コンビニかどこかで食べるものを買ってから帰宅しようと思ったが、なんとなく面倒になりそのままマンションへと戻った。豪華すぎる外観を前に、自然と口から溜め息が漏れる。分不相応だとは自分でも思う。が、なぜ『愛人』説などが出たのかがわからない。中に入るでもなく、高層マンションを見上げていた僕は、自動ドアから出てきた住人と思われる人から不審げな視線を向けられ、はっと我に返った。

僕も住民ですということを示すためにポケットからキーを取りだし、エントランスへと向かう。オートロックにキーをかざして解除し、メールボックスへと向かう間にまた住民らしき人と擦れ違った。いかにもお金持ちの奥様風の彼女に、にっこりと微笑みながら会釈され、僕も慌てて頭を下げ返す。

ああいう人こそ、このマンションに相応しい住民という気がする。僕みたいな一介のサラリーマンが住める場所じゃないな、と改めて思い知らされた気がした。

部屋に入るとすぐ書斎へと向かい、いつものようにパソコンを立ち上げた。

メールをチェックしたが、プライベートアドレスには注目すべきメールは何もなかった。画面を見つめる僕の脳裏に桐生の顔が浮かぶ。

桐生にメールしようか。いや、するべきだろう。そうは思うが、なかなか手は動かない。口で言いづらいことでも、メールでなら伝えられるだろう。できるだけ心配をかけないようなソフトな表現で、このマンションに住んでいることに関し、嫌がらせのメールがきたと書けばいい。

僕自身にはダメージはないが、貸してくれている人に迷惑がかからないかを心配している。もしも迷惑がかかっているようなら、すぐにでも部屋を出るつもりだが、特に問題がないようなら忘れてくれていい――文面まで考えたというのに、やはり僕の指は動かなかった。

『僕自身にはダメージがない』という言葉は嘘だった。謂《いわ》れのない中傷メールにも落ち込んだが、それを見た課員や部員たちが皆、一様に僕を避けはじめた、そのことにも充分落ち込んでいた。

部長はフォローを入れてくれたが、だからといって皆の態度が今後百八十度変わることはないだろう。

明日から会社に行くのも憂鬱《ゆううつ》だ。だが、出社しないわけには当然いかない。ああ、と思わず溜め息を漏らしてしまったとき、ポケットに入れたままになっていた携帯が着信に震えたのがわかった。

「え？」

取りだし、ディスプレイを見て、それが桐生からだとわかる。どうして、と思いながらも慌てて応対に出た。

「もしもし？」

『今、どこだ？　まだオフィスか？』

お互い名乗ることもなく、さも顔を合わせているかのような自然さで問いかけてくる桐生の声が電話越しに響いてくる。

いや、顔を合わせていたら『今どこだ？』とは聞かないか、と自分の思考に突っ込みを入れつつ、問いに答える。

「もう家だよ。どうしたの？」

問いかけた瞬間、もしや既に桐生のところに、父親の友人だという不動産業を営む男性から連絡がいったのでは、という可能性に気づいた。

それで気にして――だか、クレームを言うためにだかはわからないが――電話をくれたのではないか、と察した途端、思わず「あ」と声を上げてしまったのだが、桐生はそれを聞き漏らさなかった。

『なんだ、どうした？』

問いかけてきた彼の声音には、普段と変わった様子はない。ということは用件は別か、と察した僕の口から、今度は安堵の溜め息が漏れた。

『……どうした？』

今回も桐生は聞き逃さず、不審げに問いかけてくる。

「なんでもない。それより桐生こそ、どうしたの？」

できるかぎり不自然に思われないようにと気を配りつつ、笑顔を作って桐生に問いかける。

一瞬の沈黙があったが、すぐに桐生の声が耳をつけた携帯から聞こえてきた。

『用があったわけじゃない。声が聞きたくなっただけだ』

僕なら赤面してしまってとても言えないであろう台詞《せりふ》を、桐生がさらりと告げる。

「……え……」

聞いた僕のほうが赤面してしまう、と絶句した僕の耳に笑いを含んだ桐生の声が響く。

『今週末、飛騨《ひだ》高山のほうに足を延ばすのもいいかと思いついてな。他に予定がないかを聞こうかと思ったんだ』

「あ、そうなんだ」

我ながら間の抜けた相槌《あいづち》を打ってしまったのは、桐生の『用件』が意外であったためだった。

飛騨高山、聞いたことはあるけど、どんな場所だっけ、と考えを巡らせながらも、

「別に予定なんてないよ」

と答えると、

「それなら、レンタカーを借りておいてくれ」

と桐生は告げ「それじゃ」とすぐ電話を切ろうとした。

「あ、桐生……っ」

思わず呼び止めてしまったのは、やはり中傷メールのことを知らせておくべきか、と思っ

ためだった。

『ん？』

だが桐生に問い返され、いざ口にしようとしたときには、やはり躊躇いが先に立った。

「……ごめん、なんでもない。週末、楽しみにしてるから」

週末に会えるのだから、そのときに打ち明けよう。今のところ桐生にはなんの迷惑もかかっていないみたいだし、と先延ばしにする理由付けを勝手にすると僕は、

「電話、ありがとう」

と、電話を切ろうとした。

『……ああ、またな』

桐生は一瞬、何か言いたそうな雰囲気になったが、結局そのまま電話を切った。

「…………」

ツーツーという機械音を僕は暫くの間聞いていたが、やがて溜め息と共に電話を切った。

週末に桐生と小旅行の予定が入った。いつもの僕なら、飛騨高山ってどんなところだろうと調べたり、頼まれたレンタカーについて、車種はどうしようと考えたりと、自分でも恥ずかしくなるほど浮かれまくるだろうに、何もする気力が起こらない。

自覚している以上に僕は参っているのかもしれない。そう溜め息をついたあとに僕は、こうして一人鬱々と考えていても事態は何も好転しないぞ、と無理矢理思考を打ち切った。

考えるだけ無駄なことを考えていても仕方がない。まずは食事でもして、それから飛騨高山について調べよう。その前にビールでも飲もうかな、と、立ち上がりキッチンへと向かう。

冷蔵庫を開けてから、ビールじゃなく強めの酒を飲んで寝てしまおうか、と考え直し、グラスに氷を入れてからリビングのサイドボードを覗き、ウイスキーを取り出した。

テレビでも観るか、と一度はつけてみたものの、観たい番組もやっていなかったので、ブルーレイを再生する。

桐生と途中まで観ていた映画の続きを流しながらグラスにウイスキーを注ぎ、ロック状態のそれを一気に飲み干した。

アルコールにはそう弱いほうじゃないけれど、やはりロックだとちょっとキツすぎて、自然と顔を顰《しか》めてしまう。水を用意しようかなと一瞬考えたが、面倒になってまたグラスにウイスキーを注ぎ、今度は一気飲みせず舐《な》めるようにして飲み始めた。

画面に意識を集中させようとしても、英語の会話も字幕の文字も少しも頭に入ってこない。気づけばあの、嫌がらせのメールのことを考えていた。

一体誰があんなメールを出したんだろう。支社の全員にメールが送られたとなると、犯人は支社内にいると考えられるが、心当たりはまったくない。

誰かに恨みを買った覚えはまるでないし、第一、着任二週間では、恨みを買うような付き合いができるわけもない。

とはいえ一応、この二週間で接触を持った社内の人間をざっと思い浮かべてみる。

同じ部の人たち、経理、審査、運輸、メールだけなら同期。だが、同じ課の人間以外は、『会った』といっても挨拶を交わした程度だ。

その中の誰かが僕を恨んでいるのだろうか。

『恨む』――改めて言葉にすると、物凄くインパクトのある単語だ、と思いながら僕はウイスキーを飲み干し、新たにグラスに注いだ。

一通目のメールだけでも充分酷いが、二通目を見たときには背筋が凍った。

添付されていた僕の写真は隠し撮りされたものだ。隠し撮りの目的が、着任したばかりであまり顔を知られていない僕を皆に『こいつだ』と特定させるためだというのも陰湿すぎる。

その上、僕の部屋とまるで同じ間取りの部屋を探し、賃貸料を調べるというのも手間がかかっているだけに、恨みの深さを感じさせる。

そんな恨みを抱かれる覚えはまるでなかった。一体僕の何が気に入らないというのだろう。

このマンションに住んでいることか？　誰だかわからないが、僕が分不相応な生活をしていることを面白くなく思い、それで嫌がらせをしてきたと？

しかし、その程度であんな手間のかかることをするだろうか。僕は自分とそうかかわりのない人間がどんな生活をしていようと興味がないが、世の中にはそれを許せないと感じる人間がいるのか？

なんでも自分を基準に考えてはいけないとわかってはいるが、そのくらいの理由でああも手間のかかる嫌がらせをする人間は、そうそういないのではと思わずにはいられなかった。考えても答えの出ないことは考えるだけ無駄だ。そう思うのに、やはり思考はどうしても、誰があんな中傷メールを打ったのか、ということばかりをループしていた。

部長はフォローのメールを部員たちに入れてくれたが、明日から皆の僕への対応が劇的に変わることは期待できないだろう。

まだ客先に対しても、業務内容に関しても不慣れな部分が多く、同じ課のメンバーに頼らざるを得ない場面も多々あるのだが、今日は誰一人として僕に声をかけることもなく、それどころか目を合わせてもくれなかった。

今日は幸い何も起こらなかったが、明日、明後日《あさって》も問題が発生しないなんて保証はない。課員もそうだが、今後、経理や運輸にも協力を仰がねばならなくなることは必至であるのに、最初から変な先入観を持たれてしまったのは痛いとしかいいようがなかった。

明日も会社にいる間はまた、針のむしろのような時間を過ごさねばならないのか、と思うと溜め息しか出てこない。自然とグラスを傾けるペースが早くなり、氷がとけてしまったために再び立ち上がって冷蔵庫に向かおうとしたのに足下がよろけ、自分が随分と酔っていることを改めて自覚した。

何もお腹に入れずに飲むのがよくないのだ。チーズでも出そう、と冷蔵庫からチーズを取り出し、グラスに氷を入れてまたリビングへと戻る。

気づけば映画は終わっていたようで、画面は暗くなっていた。ブルーレイからテレビに切り替えたがやはり観たい番組はない。

陽気なお笑い番組でも観れば気持ちも晴れるかも、とチャンネルを合わせてみたが、逆に観ていられなくなり、結局電源を落としてしまった。

またウイスキーを飲み始めたが、気持ちは沈む一方で、せっかく切ってきたチーズも食べる気がしない。

もういっそ、寝てしまおうかと溜め息をついたそのとき、インターホンの音が室内に響き渡った。

「……誰だ？」

時計を見上げると、いつの間に時間が経ったのか、午後十時を回っていた。こんな夜遅くでは、宅配便業者ということもないだろうし、と首を傾げた僕の胸に、嫌な予感が過った。

まさか、あの中傷メールの差出人では――？

誰だかはわからないが、少なくともその人物は僕の住所を知っている。

メールを送って中傷するだけでなく、直接僕に危害を加えにきたのではないか。そう思いついたとき、身が竦んで立ち上がることができなくなった。

再びインターホンが鳴ったが、やはり画面を見にいくことはできなかった。画面に映る人物を確かめるべきだと頭ではわかっているのに、どうしても身体が動かない。

と、次の瞬間、スラックスのポケットに入れたままになっていた携帯電話がいきなり鳴り出したものだから、心臓が止まるほどに驚き、文字通りソファの上で飛び上がってしまった。

あの中傷メールの犯人は僕の携帯電話の番号まで知っているのだろうか——酔っているせいか、その瞬間僕は電話をかけてきたのもメールの主だと思いこんでしまっていた。

きっとインターホンを押しても出ないから、電話をしてきたのだ。どうしよう、どうしたらいいんだと思いながらもポケットから携帯を取り出し、こわごわディスプレイを見る。

「……え？」

そこに浮かんでいた名があまりに意外だったため、驚きの声を上げた瞬間、とらわれていた恐怖から僕は解放された。

「も、もしもし？」

さっき——といっても二時間以上前だが——電話をくれたのに、どうしたのかなと思いつつ慌てて応対に出る。彼からの電話というだけで驚いていたが、電話の向こうから告げられたその言葉は、僕を更に驚かせるものだった。

『開けてくれ』

「え？」

何を、と問うより前に僕はインターホンに向かい駆けだしていた。再びインターホンが鳴り、受話器を上げたと同時にスマートフォンを耳に当てた桐生の姿が画面に映る。

「ど、どうして……」

夢でも見ているのか、と呆然としていた僕の耳に——電話越しとインターホンからほぼ同時に、

『いいから開けてくれ』

と笑いを含んだ桐生の声が響く。

「ご、ごめん」

慌ててロックを解除すると、画面の中の桐生は、

『あとでな』

と笑って電話を切り、自動ドアの中へと消えていった。

「……どうして…………」

思わず口からその呟きが漏れる。

急に走ったからか、頭がくらくらした。やっぱりこれは酔っぱらいの僕が見ている夢で、現実では桐生は東京にいるんじゃないかと思えて仕方がない。

だがオートロックが二重になっているゆえ、再びインターホンが鳴った、それは夢とは思えなかった。受話器を取り上げ、やはり現実としか考えられない画面に映る桐生を見ながらロックを解除する。

何がどうなっているのか、まったく把握できない。桐生を迎え入れるためには、リビングを少し片づけたほうがいいんじゃないかとか、そういった当たり前のことを考えられないほど僕は呆然としてしまっていた。

「……どうして……」

部屋に桐生《きりゅう》を迎え入れてすぐに問いかけたのだが、そんな僕を見た桐生は一言、

「酔ってるな」

と眉《まゆ》を顰《ひそ》めたかと思うと、逆に問いかけてきた。

「どうした？」

「どうしたって……なに？」

問い返す僕の背を抱き、桐生がリビングに足を進める。

「あ……」

ウイスキーの瓶《びん》やグラス、それにチーズの皿など、出しっぱなしにしていたことに今更気づき、バツの悪さから声を上げた僕の顔を、桐生がじっと覗《のぞ》き込んでくる。

「自棄《やけ》酒か？」

「……そういうわけじゃないよ。いつも、飲まないと眠れなくて」

毎日飲んではいたが、ビールを一缶か二缶で、ウイスキーをロックで、それも何杯も飲む

ことなどそうそうない。だが『自棄酒』と認めれば、何を『自棄』になっているかの追及が始まると思い、僕は嘘を言った。

「…………」

桐生は少し驚いたように目を見開いたあとに、僕の目を真《ま》っ直《す》ぐに見つめてくる。

「奥様はキッチンドランカーにでもなったのか？」

「……今日は確かに、ちょっと飲みすぎたかなと反省してる。それより、どうしたの？　もしかしてさっきの電話は名古屋からかけてたとか？」

嘘を見透かされそうだ、と僕は話題を変えるべく、逆に桐生に問いかけたのだが、彼の答えには驚いたせいで思わず目を見開き絶句してしまったのだった。

「いや、電話のあと『のぞみ』に飛び乗った。お前の様子がおかしかったから」

「……っ」

そんな、と言葉を失う僕の顔を覗き込み、桐生が先ほどと同じ問いを重ねてくる。

「……どうした？　何があった？」

いつも思うが、桐生の瞳は本当に綺麗《きれい》で冴《さ》え冴《ざ》えとしている。その綺麗な瞳には今、僕を案じる色が濃く表れていた。

「……そんな……」

怒りに燃えたきつい眼差《まなざ》しで見据えられると、身体《からだ》が震えてしまうほどの迫力があるのだが、慈愛に満ちた彼の眼差しは僕の胸に安堵《あんど》と幸福を呼び起こす。

今もまた、そんな彼の目に見つめられ、自然と涙が込み上げてくるのを抑えることができなくなった。

「……どうした……」

桐生の手が伸びてきて、僕の両頬《りょうほお》を包む。額をつけるようにして尚《なお》も僕を見つめる彼の顔が、ぐにゃりと歪《ゆが》んだのは、堪《こら》えきれなくなった涙が溢《あふ》れ出たためだった。

「……ごめん……来てくれるなんて、思わなくて………」

心配してくれたんだ、と思うと、申し訳なさが募った。自分では誤魔化したつもりだったけれど、電話のときの僕の言動はやっぱり不審なものになってしまっていたのだろう。心配をかけたくないから黙っていたというのに、それが逆に心配をかける結果となり、多忙な桐生に無理をさせてしまったかと思うと、もうどうしたらいいのかわからないほどの罪悪感に襲われる。

「ごめん……本当にごめん……」

謝罪と同時に、涙が頬を伝って流れ落ちた。泣いて許してもらおうなんて考えていたわけじゃないのに、と涙を堪えようとするのだけれど、我慢しようとすればするだけ新たな涙が込み上げてきて、嗚咽《おえつ》の声まで漏れてしまう。

「泣くなよ」

苦笑した桐生が僕の頬を抓《つね》り、目尻に唇を寄せてきた。温かな唇を感じた途端、僕は彼の胸に飛び込み、その背をぎゅっと抱き締めていた。

声を上げて泣きたかった。が、そんなことをすればますます心配をかけるとわかっているだけに、声を殺し、桐生の胸に顔を埋《うず》める。

「驚かせて悪かった」

耳元に、笑いを含んだ桐生の声がし、髪に彼の唇が押し当てられるのを感じた。謝ってもらう必要など皆無だ。悪いのは僕なんだから、と激しく首を横に振る、そんな僕の背を桐生がぐっと抱き締めてくれる。

「ほら、泣くな」

言いながら彼が、ぽんぽんと背を叩いたかと思うと、その場で僕を抱き上げた。

「……っ」

泣き顔を見られたくなくて肩の辺りに顔を伏せた僕の髪にまたキスをした桐生が、僕を抱き直したあと、ゆっくりと歩き始める。

行き先は寝室だろうとわかっていた。忘れていた酔いが急速に蘇《よみがえ》ってくる。頬が火照《ほて》ってきたのはそのせいもあったが、どちらかというと自分で言うのも恥ずかしいが、このあと寝室で繰り広げられる行為への期待感ゆえと思われた。

勿論《もちろん》、泣いてしまった羞恥《しゅうち》からという気持ちもある。桐生の前では今まで何度も泣いて

しまってはいるが、大の男が泣くなんてよく考えたら恥ずかしいことこの上ない。

僕が泣くたびに桐生はきっと呆《あき》れているんだろうなと思うが、それをからかわれたことはなかった気がする。

桐生はよく僕を揶揄《やゆ》するが、本当に触れられたくない部分は回避してくれている。それだけ優しいということなのだろう、と彼にしがみつこうとした僕の身体を桐生はベッドの上にそっと下ろした。

「ん……」

触れるようなキスをしながら服を脱がされる。僕も手を伸ばし、桐生のネクタイを外しはじめた。

ネクタイ——本当に勤め先から東京駅に直行してくれたんだ。と思うと、また涙が込み上げてきた。

「う……」

「だから泣くなって」

桐生が苦笑し、涙を吸い取るように目元にキスしたあと、身体を起こし自分で服を脱ぎ始める。僕も涙を堪えながら起き上がってシャツを脱ぎ、スラックスを脱ごうとしたところで、全裸になった桐生に再びベッドに押し倒された。

深くくちづけながら桐生が僕のベルトを外し、スラックスを下着ごと引き下ろす。腰を上げてスラックスを足から引き抜くのに協力した僕もまた全裸になると、両手両脚で桐生の身体を抱き締めた。

我ながら積極的だと思うその動作は酔っていたからこそだろう。酔いは僕から羞恥や躊躇《ためら》いをいい感じに吹き飛ばしてくれていた。

桐生が欲しかった。一時《いっとき》も早く彼を中に感じたかった。力強い突き上げで、すべてを忘れさせてほしい、と腰を突き出し行為をねだる。

「………」

薄く目を開くと、桐生が少し驚いたように僕を見下ろしているのがわかった。その顔を見た瞬間、忘れていた羞恥が込み上げてきたが、今は欲望が勝った。

目を合わせながら、再び腰を突き出した僕に、桐生は、再び目を見開いたが、すぐにその目を細めて笑うとキスを中断し、身体を起こした。

背中に回っていた僕の両脚を解《ほど》かせ、そのまま太腿《ふともも》の辺りを抱えて腰を上げさせる。露《あら》わにされた後孔は、早くも桐生の逞《たくま》しい雄を待ち侘《わ》びひくひくと蠢《うごめ》いていた。

「凄いな」

くす、と桐生に笑われ、我に返ると同時に恥ずかしくてたまらなくなる。

「や……っ」

前にもからかわれたため、自分でも今更、と思いつつも両手で顔を覆うと、やはり同じよ

うに感じたらしい桐生が、

「今更」

と笑いながら僕の片脚を離した。手で目も塞《ふさ》いでしまっていたため見えはしなかったが、それが挿入の準備のためとわかり、身体からできるだけ力を抜こうとする。

予想通り、桐生の指が中に入ってきた。自分の後ろが悦《よろこ》びにわななき、繊細な彼の指を締め上げるのがわかる。なんとも物欲しげな己の身体の反応がまたも僕に羞恥の念を思い出させたが、やはり今回もまた欲情がそれに勝った。

指よりも逞《たくま》しく太い彼の雄を求め、腰を揺する。桐生は今度も僕の気持ちを汲《く》んでくれたらしく、手早く中を解《ほぐ》すと再び両脚を抱え上げてきた。

指の間からそっと覗くと、ちょうど彼が勃ちきった雄の先端をめり込ませてきたところだった。ずぶり、と挿入される逞しい雄の感触に、僕の身体は大きく仰《の》け反り、唇からは高い声が漏れてしまった。

「あぁっ……」

ずぶずぶと桐生の雄が中に挿ってくる、それだけで達してしまいそうなほど昂《たか》まっている自分がいる。

いつも桐生は挿入にいたるまで丹念な愛撫《あいぶ》をし僕を昂めてくれるのだが、今夜はその愛撫がなくても僕は快楽の頂点にあっという間に上り詰めていた。ぴた、と二人の下肢が重なりあったあと、やにわに腰を使い始めた桐生の動きに反するように僕も腰を突き出し、より深いところに彼を感じようとする。

「あっ……あぁっ……あっあっあーっ」

いつの間にか全身が火照り、毛穴という毛穴から汗が噴き出していた。自分で考えていた以上に酔っていたのか、血の巡りが早く、鼓動は早鐘のようだし、呼吸すら苦しくなっていた。

「きりゅ……っ……あぁっ……あっ……あっ……あぁっ」

だがその苦しさが殊更《ことさら》に僕を昂めているのも事実だった。まだ行為は始まったばかりだというのに僕の雄は勃ちきり、先走りの液を自身の腹へと擦りつける。

桐生の規則正しい突き上げに、ますます昂まる自分を感じる。少しずつ律動のスピードを上げる彼の背に僕は両手両脚でしがみつき、自分でもびっくりするような高い声を上げてしまっていた。

「もうっ……あっ……きりゅ……っ……」

いよいよ苦しくなってきて、助けを求めるために彼の名を呼ぶ。と、桐生はわかったというように微笑《ほほえ》むと、僕の片脚を離し、達したいのにぎりぎりのところで達せないでいた僕の雄を摑《つか》んで一気に扱《しご》き上げてくれた。

「アーッ」

直接的な刺激には耐えられるわけもなく、彼の手の中に白濁した液を飛ばしてしまう。

「……っ」

桐生もほぼ同時に達したのが、後ろに感じたずしりとした精液の重さでわかった。

「桐生………」

くちづけが欲しくて名を呼び、彼を見上げる。

「どうした？」

僕は、はあはあと言葉を発せないくらいに息を乱しているのに、桐生側ではそんなことなく、普段とまったく変わらない調子で問いかけてくる。

「……キス……」

してほしい、というところまで言うまでもなく、僕の要望を桐生は察し、わかった、と微笑んだと同時に唇を塞いできた。

「ん……っ」

呼吸を妨げないようにという配慮を見せ、細かいキスを何度も落としてくれる彼の優しさに、堪《たま》らない気持ちが募っていく。

愛してる——告げたいけれども声に出すのは憚《はばか》られる、その思いを込めて彼の背を抱き締める。と、桐生はまた目を細めて微笑むと、わかっている、というように頷《うなず》いてくれた。

「……ぁ……っ」

そのとき中に収めたままになっていた彼の雄が、どくん、と大きく脈打ったのが伝わってきた。堪らず声を漏らした僕に、桐生は照れたような笑みを浮かべると身体を起こし、僕の両脚を抱え上げる。

「いいか？」

もう一度、と問うてくる彼に、未《いま》だ息は整っていなかったものの、僕は大きく頷き、自らも両脚を彼の腰へと絡めていった。

桐生が、それは愛《いと》しげに僕を見ながら頷き、ゆっくりと突き上げを始める。

「あっ……」

体内で燻《くすぶ》っていた欲情の焔《ほむら》が早くも立ち上る。萎《な》えていた僕の雄もまた、どくん、と大きく脈打ち、みるみるうちに硬さを取り戻していくのがわかった。

桐生の目線がそれに落ちていることから、彼にも気づかれてしまったと察する。羞恥に身を焼かれながらも僕は、次第に激しくなっていく桐生の突き上げに合わせ、またも自ら腰を突き出してしまったのだった。

「大丈夫か」

結局あのあと二度、互いに達したあと、快感が勝ったせいで僕は気を失ってしまっていたらしい。桐生に身体を揺すられ、目覚めたその目線の先に心配そうな彼の顔があった。

「うん……」

大丈夫、と頷くと、目の前にミネラルウオーターのペットボトルが差し出される。

「飲むか？」

「うん」

カラカラに喉《のど》が渇いていたので頷くと、桐生が背とシーツの間に腕を入れ身体を起こしてくれた。自力では起き上がれないくらいに疲弊しきっていることに愕然《がくぜん》としていた僕に桐生がペットボトルを手渡してくれる。

キャップを開けてくれていたそれを傾け、ごくごくと水を飲み干す。冷たい水が喉を下っていく感触があまりに心地よかったため、はあ、と大きく息を吐いてしまった僕の耳に、桐生の静かな声が響く。

「もう少し、飲むか？」

「ううん、大丈夫」

ほぼ飲み干してしまったが、もっと飲みたいとは思わなかった。それで、遠慮ではなく首を横に振ったのだが、桐生はそれを遠慮ととったらしく、

「ほんとに？」

と問いを重ねてくる。

「うん」

大丈夫、と頷き、身体を寄せてきた桐生の胸にもたれかかる。と、桐生は僕の背を抱き寄せながら耳元に口を寄せ囁《ささや》いてきた。

「……何があった？」

「…………………」

その言葉を聞いた瞬間、身体がびく、と震えたのがわかった。

桐生はまだ気にしてくれていたのだ、と彼の顔を見返す。

「ん？」

優しげに微笑み、問い返す彼にすべてを打ち明けるべきか否か、瞬時僕は迷った。

忙しい中、わざわざ名古屋まで来てくれた彼には、隠し事などすべきではないとは思う。が、逆に、そんな彼にはこれ以上心配をかけたくないという思いも強くなった。

支社の人間全員宛《あて》に、中傷メールが届く。それはどう考えても異常事態だ。そんな状況に今自分が身を置いていると知らせることは、決して桐生のためにはならない気がした。

「…………心配かけてごめん。でも、何があったってわけじゃないんだ」

やっぱり言わずにおこう。自分の身に起こったことは自分で対処する。そんなこともできないでは、とても『桐生に相応《ふさわ》しい人間』とはいえない。

桐生なら多分、同じような状況となっても——まずあり得ないだろうとは思ったが——僕には相談せず、一人で対処するだろう。なのに僕ばかりが彼を頼るわけにはいかない。現段階で桐生に迷惑がかかっていないのなら、やはり彼を巻き込むことなく、自分一人で解決すべきだ。孤立無援に近い状態ではあるが、少なくとも部長と課長はフラットな立場にいるのだし、と心の中で呟《つぶや》くと僕は桐生に向かい、

「大丈夫だから」

と笑ってみせた。

「…………そうか」

桐生は何か言いたそうな顔をしたが、すぐにふっと笑うと僕の髪に唇を押し当てるようなキスをした。

「寝るか？」

「うん」

頷き、桐生と共にベッドに横たわる。そのまま彼の逞しい胸に頰を寄せ、規則正しい鼓動の音に包まれながら眠りの世界へと向かおうとした僕は、そういえば、とはっとし桐生を見上げた。

「なんだ？」

桐生が僕の髪をすいてくれながら問いかけてくる。

「明日の新幹線は？　何時にここを出ればいい？」

「朝一ののぞみで帰るから、そうだな。六時には出たいな」

「…………ごめん」

きっと桐生はそのまま出社するのだろう。確か朝一ののぞみだと東京到着は八時二十分くらいじゃなかったかと思う。

改めて、桐生に相当無理をさせてしまった、という自覚が芽生えた僕の口から謝罪の言葉が漏れる。

本当に申し訳なかった、と項垂《うなだ》れると、頭の上で笑いを含んだ桐生の声がした。

「お前が謝ることじゃない。俺が来たくて来たんだから」

「でも……」

心配したから来てくれたんじゃないか、と尚も項垂れる僕の額に桐生の唇が触れる。

「たった一時間半だ。たまにこうして来るのもいいな」

「桐生……」

気にさせまいという配慮なんだろう、陽気な彼の口調に、ますます申し訳なさが募る。が、ここで謝れば更に彼に気を遣わせることがわかっていたので、僕は『ごめん』という言葉を飲み込み、彼の胸に頬を寄せた。

桐生の腕が僕の背に回り、ぐっと身体を抱き寄せてくれる。本当に申し訳ないことをしてしまった、と心から反省していたが、彼の顔を見ることができて、そして肌と肌を合わせることで彼の存在をこうも近くに感じることができて、嬉しいと感じる思いを抑えることはできなかった。

あんな中傷メールなどには負けずに明日から頑張ろうという活力を与えてくれた桐生の背を僕も力一杯抱き締める。

「…………」

桐生はそのときにも一瞬、何かを言いかけた気配がしたが、結局は何も告げず、僕を抱き締め返してくれた。

そうだ、明日は桐生より早く起きて、彼のためにコーヒーを淹《い》れよう。せめてそのくらいのことはしなければ、と密《ひそ》かに心を決める。

起きられるか不安だったので、携帯のアラームをセットしようと身体を起こすと、

「どうした？」

と桐生が問いかけてきた。

「目覚まし、かけようかなと思って」

「ああ、かけた」

そう言い、起き上がろうとした僕の腕を摑み、桐生が再び自分の胸へと導く。

「僕もかける」

「大丈夫だ。お前は寝ていろ」

そのまま目を閉じた彼に「駅まで見送るよ」と言うと、

「無理するなよ」

と桐生は笑い、僕の唇に軽くキスを落とした。

「無理は桐生のほうじゃないか」

「失神するほどのセックスで、体力消耗しているのは奥様だろ？」

それでも身体を起こそうとするのを強引に抱き締め、桐生が意地悪く笑いながら僕を見る。

「…………見送りたいから、絶対起こしてくれよ？」

『奥様』呼びはともかくとして、身体が非常に疲れていることは事実だった。だが、だからといって、東京からわざわざ来てくれた桐生を見送ることなく寝ているなんてできるわけがない。

先ほどの『桐生より早く起きてコーヒーを淹れる』という決意はどこへやら、起こしてほしいと桐生に頼むというのも情けない、という思いが顔に出たのか、桐生がぷっと吹き出した。

「情けない顔、するなよ」

「悪かったな」

思わず言い返してしまってから、もしやこんなやりとりも、桐生が沈む僕の気持ちを守《も》り立ててくれようとしているその結果じゃないかと気づく。

本当に何から何まで、桐生に助けられている。ありがとう、と礼を言いたかったし、ごめん、と謝罪もしたかったが、どちらも口に出せばまた桐生に気を遣わせることになる。

もう大丈夫だから、と僕は桐生を見上げ、桐生も僕を見返す。何も言わずともお互いの思いは伝わっているのが、瞳を見交わしただけでわかった。

「おやすみ」

桐生が微笑み、僕の唇に軽くキスを落としてくる。

「おやすみ」

僕もまた彼の唇に同じくキスをし、二人して微笑み合ったあと、桐生が手を伸ばしてベッドサイドの明かりを消し、僕たちは抱き合ったままその夜、眠りについたのだった。


翌朝、なんとか気力で僕は桐生とほぼ同時に目覚めることができた。彼がシャワーを浴びている間にコーヒーと簡単な朝食の準備をする。

入れ違いに僕もシャワーを浴び、大急ぎで支度をすると、マンション前に呼んでおいたタクシーで朝食を終えた桐生と共に名古屋駅へと向かった。

「やっぱり車、買うよ」

車があれば、駅に向かうにももう少し時間的な余裕を持てる。そう思い桐生に言うと、

「焦ることはないけどな」

と桐生は笑い、僕の額を指で弾《はじ》いた。

「痛」

「買うときは相談しろよ？」

急になんだ、と額を押さえる僕に桐生が笑いかけてくる。

「するよ、勿論」

痛いな、と睨むと桐生はふっと笑い、言葉を続けた。

「なんにせよ、一人で抱え込むなよ」

「…………」

あ、と思わず声を漏らしそうになったのは、桐生が今告げた言葉は『車』に関してだけじゃない、と気づいたためだった。

じっと彼を見つめる僕の横で桐生がまたふっと笑い、再び額を弾く。

「痛っ」

「ぼんやりするな。そろそろ駅だぞ」

彼の言葉どおり、タクシーは間もなく名古屋駅のロータリーにさしかかろうとしていた。

「痛いよ」

口を尖《とが》らせたが、それは桐生の優しさに触れ、もう少しで涙が零《こぼ》れそうになっていたのを隠すためだった。

「痛いもんか」

桐生は笑いながら、また僕の額を弾こうとする。それをおさえようと彼の指を握ると、桐生は一瞬だけ僕の手を握り返したあと、その手を内ポケットに入れ財布を取り出した。

タクシーを降り、共にホームへと向かう。のぞみはすぐに来て桐生は車中の人となった。

「それじゃな」

いつものようにデッキで挨拶《あいさつ》を交わしたが、朝一ののぞみは結構人の乗り降りがあり、あまりゆっくり話してはいられなかった。

「週末を楽しみにしている」

それでも桐生は最後にそう言うと、パチ、と見惚《みと》れるようなウインクをして寄越した。

「桐生！」

プシュ、と音を立ててドアが閉まる。ゆっくりと動き出した新幹線を、僕はつい、追いかけてしまった。

桐生が、もういい、というように苦笑し、首を横に振る。

「ありがとう‼」

叫んだがそのときには新幹線のスピードが上がり、桐生のいる車両の姿は遥《はる》か遠いところにあった。

『なんにせよ、一人で抱え込むなよ』

タクシーの中で告げられた桐生の言葉が僕の耳に蘇る。

「…………ありがとう……」

呟く僕の胸には熱いものが込み上げていた。もう堪える必要はないと思ったと同時に、涙がぼろぼろと零れ落ちる。

無理に聞き出すつもりはないが、何かあればいつでも受け止めてやる。きっと桐生はそう言いたかったに違いない。

そんな彼の思いが嬉しくて、みっともないと思いながらも僕は頬を伝う涙を手の甲で拭《ぬぐ》いつつ、桐生の面影を求めて暫《しばら》くの間ホームに佇《たたず》んでしまったのだった。


まだ出社には余裕があったので、一度マンションに戻った。朝食の後片付けをしたあと、少し早めに出社しようと決め、随分と早い時間にマンションを出た。

途中、コンビニに寄ってサンドイッチを買い——桐生には朝食を用意したが、僕は食べる時間がなかったのでコーヒーだけでパスしたのだった――オフィスに向かう。

まだ八時前だからか、フロアには一人二人しか社員の姿はなかった。

「おはようございます」

挨拶をするとさすがに「おはようございます」と返してくれたが、どことなく構えた感じがする。

気のせいだ。なんでも悪いようにとっちゃいけない、と自分を律しつつ席に着き、パソコンを立ち上げる。メールを開いた途端、僕の目に『続報／ご報告申し上げます』いうタイトルのメールが飛び込んできた。

「…………」

昨日とは違うアドレスだったが、やはりフリーメールからで、添付ありの印がついている。嫌な予感しかしなかったが、開かないわけにはいかない、と僕はともすれば震えそうになる指先でマウスを操作しメールを開いた。

予想どおりそれは、昨日と同じく僕に対する中傷のメールだった。文面を読むうちにさーっと血の気が引いていくのがわかる。

『添付写真は自動車部・長瀬部員の愛人です』

メールはその一文のみだった。一体どんな写真が、と、既にぶるぶると震え始めてしまっていた指でクリックし、写真を見る。

「……っ」

写真を開いた途端、僕の口から声にならない叫びが漏れた。というのも、写真に写っていたのが、僕と、そして――桐生が並んでマンションへと入っていく姿だったためである。

僕の顔は写っていたが、桐生は後ろ姿だった。デジカメで撮影したらしいその写真には日付が入っていたが、それを見ると先週の土曜日に撮影したものだとわかった。

熱田神宮に行った、その帰りだと察したが、いつの間にこんな写真を撮られたのか、まるで心当たりはない。

いよいよ、桐生に迷惑がかかってしまうかもしれない――一体どうしたらいいんだ、とほぼパニック状態に陥ってしまっていた僕の頭の中には、幻の桐生の笑顔が浮かんでいた。

6

またも中傷メールが届いただけでも充分ショックだった上に、そのメールに桐生の後ろ姿が写っている写真が添付されていたことで、すっかり気が動転してしまっていた僕は、買ってきたサンドイッチを食べることも忘れ、ただただ呆然《ぼうぜん》と座り込んでいた。

「おはよう、長瀬《ながせ》君、早いね」

と、背後から声をかけられ、はっとして振り返る。声の主は、姫宮《ひめみや》課長だったが、僕があまりにも強張《こわば》った表情をしていたからか、端整な眉を顰め問いかけてきた。

「なに？　どうしたの？」

「あ、あの………」

また中傷メールがきたことを打ち明けるべきか、と一瞬僕は迷った。が、言わずともおそらく、あのメールも支社の人間全員に届いているに違いないと気づき、隠す必要がないと察する。

「実はまた、その……僕を中傷するメールが届いているようで……」

「そうなの？」

姫宮の眉間《みけん》の縦皺《たてじわ》が深まったかと思うと、彼は足早に自席へと向かいパソコンを立ち上げた。

そんな動作の一つ一つが、急いでいるであろうにどこか優雅に感じる。今はそんな場合じゃないだろうに、そんな、呑気《のんき》ともいうべきことを考えてしまっていたのは、衝撃が大きすぎて思考がまるでついていかなくなっていたためだった。

「…………」

課長のパソコンも立ち上がったようで、すぐにメールを開く気配が伝わってくる。が、次の瞬間、彼は不審げな顔になり、僕に声をかけてきた。

「……僕のところには届いていないようだけど」

「え？」

そんな、と思い、僕は慌てて自分のパソコン画面へと目をやった。再び例のメールを開いてみる。

「…………」

宛先を見ると、今日は「BCC」ではなく宛先「TO」に僕の名前だけがあることがわかった。ということは、僕にしか届いていないのか、と啞然《あぜん》としていた僕の耳に、課長の優しげな声が響く。

「一体どういうメールがきたんだい？　見せてもらえるかな？」

「あ…………」

ここで僕が即答できなかったのは、課長にメールの内容を知られたくないと思ってしまったためだった。

僕が漏らさなければ課長には知られずにすんだのにと思いはしたが、後悔先に立たず、と心の中で溜《た》め息《いき》をつく。

課長は僕を心配してくれ、それで中傷メールの内容を聞いてきたのだ。それがわかるだけに『見せたくない』とは言えなかった。

「あの、これなんですが」

画面を課長へと向けようとすると、課長のほうから僕の席まで来てくれた。

「…………」

一行の文面を読み終えたらしい彼が、物言いたげに僕を見る。

『添付写真』を見たいということだろうとわかったが、やはりクリックするのは躊躇われた。

「見せたくないのならいいよ」

課長がにっこりと笑い、席へと戻ろうとする。僕に気を遣ってくれているのを目《ま》の当たりにし、見せないわけにはいかないだろうという気持ちに僕は追いやられた。

「あ、あの、どうぞ」

どうぞ、というのも変だが、とあとから気づいたが、既に数歩歩いていた課長に声をかける。

「いいの？」

課長は僕を振り返り、少し困ったように笑ってみせた。

「……はい……」

困っているのは僕なんだけど、と思いながらも、添付ファイルをクリックして画像を表示する。

「…………」

再び僕の横へと戻ってきた課長はパソコンの画面を見たあと、無言で僕を見た。

「…………」

僕も何を言えばいいのかわからず、無言で課長を見返す。暫しの沈黙が流れたあと、課長がぽつりと一言呟いた。

「……男、なんだ」

「…………はあ……」

いかにも意外そうにそう言われ、ますます言葉を失う。と、課長は不意に憤った声を上げ、ますます僕から言葉を奪っていった。

「男の愛人だなんて、本当に酷《ひど》い誹謗《ひぼう》だ。人をゲイ呼ばわりするなんてふざけている」

「…………」

ゲイ呼ばわり、という言葉に、どきりと変な感じに僕の胸が高鳴る。吐き捨てるような課長の口調がまた、僕をいたたまれない思いへと追いやった。

桐生は僕の愛人ではないが、恋人ではある。男の桐生が恋人ということは、その自覚はまだないが、僕も『ゲイ』ということなんだろう。

なので『ゲイ呼ばわり』されたことを酷い誹謗だと言われて動揺してしまったのだが、そんな僕の胸の内など課長は知るはずもなく、相変わらず吐き捨てるような口調で言葉を続けた。

「そのメール、僕に転送してもらえないかな。ITに掛け合って差出人を特定するよ。こんな酷い中傷をするなんて許し難いよ。警察沙汰《ざた》にするべきだと思う」

「……ありがとうございます……」

礼を言う声が震える。課長が『酷い』と憤ってくれるのは有り難いが、その憤りが大きければ大きいだけ、いたたまれなさが募った。

「君は何も気にすることなどない。疚《やま》しいところはまったくないんだろう？」

僕の声の震えを課長は、ショックが大きかったためとでも解釈してくれたようだった。にっこりと、それは優しげに微笑むと、ぽん、と僕の肩を叩き席へと戻っていった。

「メールの転送、頼んだよ」

席についた課長がそう声をかけてきたのに、

「はい」

と答えはしたが、やはり躊躇《ちゅうちょ》が先に立ち、おそるおそる課長に尋ねた。

「あの、すみません、写真は添付しなくてもいいでしょうか」

「え？」

課長が、さも意外そうに目を見開き僕を見る。

「いえ、その……一緒に写っている友人に迷惑をかけたくないので……」

咄嗟《とっさ》に考えた理由を課長に告げる。と、課長はまた、心底意外そうに目を見開いて問うてきた。

「迷惑？　どうして？」

「それは………」

桐生は今、社内でそれなりの——という以上の地位にある。外資系の会社は、聞くに生き馬の目を抜くような環境だという。どんなつまらないことでも足を引っ張る要因になる可能性があるので、それを避けたい——というのがメインの理由だったが、一方で僕は、非常に卑怯《ひきょう》なことに、桐生との関係をできることならまだ隠しておきたいと思っていた。

人のせいにするつもりはないが、改めてそう思ったのは、今の姫宮課長のリアクションに影響されたためもあった。

『ゲイ呼ばわり』——その言葉が僕から勇気を奪った。が、当の課長は当然ながらそんな自覚があるわけもなく、ますます僕を追い詰めていく。

「写真の彼はただの友人なんだろう？　なら、別に迷惑などかからないんじゃないかな。逆に今の状態のほうが迷惑じゃないか？」

「……そう……ですね」

姫宮課長の言葉に、反論する余地は少しもない。そう、僕と桐生がただの『友人』であったとしたら、と思いつつ頷いた僕に、本人はそのつもりがないだろうが、駄目押し、とばかりに課長が言葉を続ける。

「なんなら、彼に事前に許可をとるといい。ＩＴに連絡するのはそれからでもかまわないよ」

「いえ、それは……いいです」

事前に許可を取れるくらいなら、昨夜のうちに桐生に打ち明けていた。今更連絡などできようはずもない、と僕は首を横に振った。

大丈夫、幸い写真には桐生の顔は写っていない。おそらく課長も、それにＩＴも配慮はしてくれると思うが、万が一にも写真が公になった場合でも、これが桐生とわかることはないだろう。

そう自分に言い聞かせると僕は、

「すみませんでした。転送します」

と課長に声をかけてから、メールを彼に転送した。

「ありがとう」

課長はにっこりと微笑み画面を見たあと、

「届いたよ」

とまた、笑いかけてくれた。

「お手数おかけし、申し訳ありません」

頭を下げた僕に、課長が笑いながら、実に思いやりに溢れた言葉を告げる。

「申し訳ないことなんてない。君が一番の被害者なんだから」

「………はい……でも……」

この課長の言葉もまた真理だった。自分で言うのもなんだが、こんな誹謗中傷を受ける覚えはまるでない。僕側に非があるという心当たりは一つもないゆえ、純然たる被害者であると胸を張れないこともない。

だが、逆恨みをされたのだとしても、通常には発生し得ない仕事を——僕のところにきた中傷メールを部長やIT関連部署に報告し、差出人を特定するという仕事を増やしてしまったことは事実だ。それは詫《わ》びねば、と改めて頭を下げようとした僕の耳に課長の声が響く。

「疚しいことがないのなら、堂々としていればいい。周囲が白い目で見ようが気にすることはないよ」

「………ありがとうございます」

僕のことを思っての言葉だとはわかっていたが、いちいちぐさぐさきてしまうのは、被害妄想ゆえだろう。

疚しいこと――疚しいとは思わないが、同性の桐生と恋人同士であることを隠しているのは事実だ。

そして、周囲の白い目――確かに、皆のリアクションは僕にとって冷たいものだという自覚はあったが、改めて『白い目』とまで言われるとやはり応《こた》える。

だがきっとそれが現実なのだ、と、ともすれば深く溜め息をつきそうになるのを堪え、姫宮課長に深く頭を下げた。

その後、間もなく皆が出社し始め、課長との会話はそこで途絶えた。同じ課では、まず愛《あい》田《だ》が、続いて木場《きば》課長代理が出社してきたが、二人とも昨日同様、僕とはあからさまに目を合わせようとしなかった。

「おはようございます」

九時半ぎりぎりに出社してきた神谷《かみや》さんだけは、僕を含めた皆に明るく挨拶してくれた。

「長瀬君、昨日はごめんね」

挨拶だけでなく、神谷さんはわざわざ声までかけてくれ、僕を驚かせた。

「……え？」

「いきなり変なメールがきたからつい身構えちゃったけど、よく考えたら長瀬君、着任したばかりで味方なんて誰もいないのに、気の毒だったなあって思って」

不安だったでしょう、と、心配そうに僕の顔を覗き込んできた神谷さんの優しさに、感動したあまり僕は一瞬声を失った。

が、すぐに我に返ると、彼女に向かい深く頭を下げた。

「ありがとうございます」

「お礼なんて言わなくていいのよ。謝るのはコッチなんだから」

そう言い、神谷さんは、二人の会話に聞き耳を立てていたと思《おぼ》しき木場課長代理と愛田をじろりと睨《にら》んだ。

「同じ課の私たちが味方にならずにどうするってことよ。ね、木場君、愛田君」

神谷さんの呼びかけに、木場課長代理と愛田がそれぞれ「ああ」「はい」と頷く。が、一応笑みを浮かべてはいるが、彼らの表情はいかにも迷惑そうだった。

「二人とも、小山内《おさない》部長のメールにも書いてあったでしょ。謂《いわ》れのない中傷を本気にするなって」

神谷さんがむっとした顔になるのに対し、

「わかってますって」

と、木場課長代理が、嫌々といった様子で頷いてみせた。

「あの、ありがとうございます」

ここは僕が礼を言わないと収まりがつかないだろう、と判断し、課長代理と愛田に頭を下げる。

「あ、ああ」

「どうも……」

やはり二人は、どこか迷惑そうな顔をしていた。彼らの気持ちはわからないでもない。だいたい誹謗や中傷を受ける相手とは、それがいかに本人に責任がなかろうが関わり合いを避けたいというのが人情だろう。

それだけに彼らを責める気にはなれないと心の中で溜め息をつきつつ、視線をパソコンへと戻す。

目の端に、『もう』というように木場課長代理を睨む神谷さんと、参ったなというような顔になった木場課長代理が映ったが、できるだけ見ないようにと心がけ、仕事に専念することにした。

昼一番のアポイントメントがあったため、その日は昼食の少し前に会社を出て一人、客先近所のコーヒーショップで昼食をとることにした。

店内を見回し、同じ会社の社員がいないことに、なんとなくほっとする。そんな自分に気づき、なんともいえない憂鬱《ゆううつ》さから溜め息をついた。

朝来た桐生との写真が添付された中傷メールは、僕だけに届いたものだったと、社を出る少し前に姫宮課長から報告を受けたという小山内部長からメールがきた。

IT関連部署が調査したところによると、そのアドレスからのメールは会社のサーバー経由では僕宛にしか届いていないことがわかったという。

『気にするな』

部長のメールの最後にはまたその一言が添えられていた。席を立ち、礼を言いに行くべきかと思ったのだが、木場課長代理の僕に対する態度を思い出し、やめておこう、とメールで礼を言うことにした。

そのメールを打ってすぐに社を出たのだが、あのメールが僕のみにあてられたものだったという部長の話は僕に安堵を呼び起こし、ようやく冷静に物事を考えられるようになった。

まず考えたのは、あの中傷メールの犯人が、桐生と僕との関係を知っているのではないかということだった。

その上犯人は、あのマンションが桐生のツテで借りたものだということまで知っている。だからこそ僕が『愛人』にマンションの家賃を出させているという文面ができたのだろう。

二人の関係を知る人物など、僕の知る限り二人しかいない。

まずは弟の浩二《こうじ》。そして、桐生の部下の滝来《たきらい》。ああ、もう一人いた、と僕は、今、メキシコに駐在中の田中《たなか》の顔を思い浮かべたが、すぐ、この三人であるわけがない、と首を横に振った。

だいたいこの三人には、名古屋支社全員のメールアドレスを調べることはできないはずだ。まあ、田中なら、同じ社内だからできないこともないが、彼がそんなことをするわけがない。となると、誰かまったく僕の知らない人間が、桐生と僕が同性の恋人同士だということを知っているということになる。しかもその人物は支社内にいる可能性が高い。

一体誰だ？　と考えたが、着任して一週間ではまず、どのような人物が支社にいるかということすらわかっていなかった。

推理を進める材料が少なすぎる、と犯人捜しは諦《あきら》め、今日、その犯人が僕だけに中傷メールを送ってきた意図を考え始める。

脅し——一番最初に思い浮かんだのはその言葉だった。

自分はお前がゲイだということをいつでも公表できる。相手が誰ということもわかっている。なんなら相手共々、公表してやろうか——？

そう言いたいがために、あのメールを送ってきたのではないかと思われるが、しかしその相手が誰かということになると、途端に思考が止まってしまう。

やはりここは、部長と課長に頼り、ＩＴ関連部署に犯人捜しをしてもらうより他ないか、とこれ以上の追及は諦めることにした。そろそろアポイントメントの時間が迫ってきたためである。

客先で担当者と向かいあったとき、一瞬、もし彼らにもあの中傷メールが届いていたらどうしよう、と不安になったが、前回会ったときとまるで同じ反応であることにほっとした。社に戻った僕に「おかえりなさい」と声をかけてくれたのは相変わらず神谷さんだけで、木場課長代理と愛田は気づかない様子をしていた。それが演技なのか、それとも本当に気づかなかったのかはわからない。

どちらにせよ、あからさまに攻撃してくるわけではなし、まあ、いいかと思いつつ席につき、メールを開いた。

また中傷メールが届いていないかと、緊張しつつ、十通ばかり入っていたメールをチェックしたが、登録してある日経のニュースメールの他は、客先からのちょっとした確認メール程度だった。

よかった、と安堵の息を吐いたとき、

「長瀬君」

と名を呼ばれ、はっとして顔を上げると、いつの間に席についたのか、それまでいなかったはずの姫宮課長が僕に笑顔を向けていた。

「はい」

席を立ち、課長のデスクへと向かう。

「別に席で聞いてくれてもよかったんだけど」

「あ、すみません」

物言いたげな顔をしているような気がしたので、てっきり例のメールの件かと思ったのだが、苦笑されたところをみると勘違いだったらしい。それで僕は頭を下げたのだが、課長はそんな僕に「別に謝ることないよ」と笑ったあと、少し声を潜めるようにしてこう続けた。

「長瀬君、今晩暇かな？　よかったら二人で飲みに行かないか？」

「え？」

思わず問い返してしまってから、ここは即答すべきじゃないかと気づく。

「あ、はい。空いてます」

「よかった。それじゃ、六時に社を出よう」

課長はまた、にっこりとその綺麗な目を細めて微笑むと、視線を自身のパソコンの画面へと向けた。

「ありがとうございます」

誘ってくれたことに対する礼を言い、僕も席に戻る。そのときデスクにいた木場課長代理と愛田、それに神谷さんは課長と僕のやり取りに聞き耳を立てていたようだったが、彼らが何かリアクションを示すことはなかった。

今まで課長と二人で飲んだことはない。なぜ急に誘ってくれたのか、と考え、三つの可能性を思いついた。

一つは例のメールの犯人がわかって、それを僕に伝えるため。若《も》しくは、犯人を特定するのに僕からいろいろ話を聞き出そうとしたため。

残り一つは、連日の中傷メールで落ち込んでいるであろう部下を元気づけるため。

どちらだろう、と考え、まあ、行けばわかるか、と考えるのをやめる。どちらにしてもありがたいことだと思ったからだが、一方で、あれこれとあの写真のことを聞かれたら困るな、とも考えていた。

六時になると姫宮課長が僕に「行こう」と声をかけてくれ、僕たちは共に社を出てタクシー乗り場へと向かった。

「適当にイタリアンの店を予約したんだけど、よかったかな？」

タクシーに乗り込むと課長はそう言い、じっと僕の目を見つめてきた。

「あ、はい」

頷きはしたが、それでも課長の視線が僕から外れないことに、次第に居心地が悪くなってくる。

「あの、何か……」

凝視としかいいようのない視線の理由を尋ねる。と、課長は、はっとした顔となり、すっと視線を逸《そ》らした。

「名古屋名物ばかり食べさせられて、飽きたんじゃないかと思ったチョイスなんだけど、イタリアンは嫌いじゃなかったようでよかったよ」

そう言い微笑んだときにはもう課長の表情はいつもの感じに戻っていた。

「イタリアン、好きです。名古屋名物も美味《おい》しくいただいていましたけど」

歓迎会の店がまさに名古屋名物の『手羽先』だったことを思い出し、我ながら無難な答えを返す。実際、いつも桐生に呆れられているのだが、僕の舌はかなり貧しくて、たいていのものは美味しく感じるのだった。

桐生は自分の好みというものをしっかり持っているタイプなので、彼セレクトのレストランは玄人《くろうと》受けする美味しい店ばかり——らしいのだが、そこの料理もファミレスの料理もお前にとっては差がないんだろう、といつも馬鹿にされている。

なんとなく姫宮もまた、桐生のようにいい意味で『好みにうるさい』タイプじゃないかなという僕の予感は、店に到着したときに当たったことがわかった。

佇まいは地味だが、店内に入ると店主のこだわりがこれでもかというほどに感じられる、まさに桐生がいかにも好みそうな店だったためだ。

「姫宮様、お待ちしておりました」

出迎えに出たのはどうやら、店のオーナーのようだった。口髭《くちひげ》をたたえたハンサムガイで、シックなスーツが実によく似合っている長身の男だ。

「いつものお席をご用意させていただきました」

僕たちの荷物などをクロークで預かると、彼は姫宮にそう微笑み、その『いつもの席』まで案内してくれた。

そこは、オープンスペースではあるものの、柱の陰のため他のテーブルからは少し隔離された感のある窓際の席だった。

「ありがとう」

姫宮が優雅に微笑み頷いてみせる。

「それでは、ごゆっくり」

口髭の男性は席についた姫宮にメニューを渡すと、バトンタッチ、とばかりに近くにいたソムリエに手を挙げ合図をして立ち去っていった。

「姫宮様、いらっしゃいませ。お食事前に何かお飲み物をご用意いたしましょうか」

ソムリエもまた姫宮の名を呼び、メニューを見ながらお勧めのワインを紹介し始める。と、何を思ったのか、姫宮がメニューから顔を上げ、にっこりと笑いかけてきた。

「今日は彼が主役なんだ。林《はやし》さん」

そう言い、ソムリエへと——どうやら林という名らしい彼へと視線を向ける。

「さようでしたか」

林もまたにっこり微笑むと、今度は僕にもワインを説明しようとしたが、説明されたところでわからない、と慌てて選択を課長に任せた。

「すみません、ワイン関係はまったくわからないので、課長にお任せします」

「そうなの？」

姫宮が少し驚いたように目を見開いたが、すぐにまたにっこりと微笑むと、

「それじゃ、スパークリングがいいな。お勧めはどれだっけ？」

と林に問うた。

その後、メニューがきたが、この店はどうやら僕が思っていた以上に高価であることがわかった。

「面倒だからコースでいいよね」

課長がそう言い、既に控えていたギャルソンに注文を始める。前菜とメイン、それにデザートを選ぶのだが、課長はフルコースを選んでいた。

「長瀬君は？」

「あ、あの……」

フルコースの値段は一万円を超していた。さっき頼んだグラスシャンパン――スパークリングワインだったか――も二千円くらいしている。

自分も出すならいい。が、上司の誘いで2ショットで食事にきて、奢《おご》りじゃない確率は著しく低いと思う。

コンプライアンスがうるさく問われる昨今、費用は会社持ちということもまずないだろう。

となると、かなりの額を課長に奢ってもらうことになる。

それはマズいんじゃないか、とオーダーできずにいた僕に、姫宮は、

「遠慮することないよ」

と微笑み、前菜から一品ずつ、何にするかを聞いてきた。

「なんだ、全部僕と一緒にすることはなかったのに」

安易な道に流れたというか、結局僕はすべてのオーダーを課長と同じにしてしまった。

「すみません、よくわからなくて……」

調理方法など、聞けばいいんだろうが、メニューを見ただけではまったくわからなかったのでそうしたのだが、僕の言葉を聞き、課長はくすくすと笑い始めた。

「なんだか長瀬君は見た目を裏切るよね」

「え？」

どんな『見た目』なのかと首を傾《かし》げる。と、課長はまた、くすくすと笑いながら説明をしてくれた。

「スーツといい住居といい、いかにもこれ、というこだわりがある感じだったから、そういうタイプなんだろうと思ってた。でももしかして、意外になんでもよかったりするのかな？」

「……はい」

実際、こだわりなどほとんど持っていなかったので頷いたが、内心僕は、変にどきりとしてしまっていた。

マンションが話題に出たからではない。そのマンションも、そして普段着ているスーツも、桐生のセレクトによるものだったからだ。

人を見た目で判断するな、などというのは綺麗事にすぎない。華美になれというわけではなく、それなりのものを身につけろ。

身につけるものに対し、ほとんどといっていいほどこだわりを持っていなかった僕に対し、桐生はひとしきり呆れてみせたあと、そう言って僕をスーツ売り場へと連れていったのだった。

オフではともかく——オフも気を遣えと言いたそうだったが——オンでは仕事を進める上でも服装には気を配るべきだという彼の意見はある意味もっともで、僕は彼に言われるがままスーツを買い直した。

住居も言うまでもなく、桐生のセレクトである。その両方を指摘されたため、どきりとしてしまったのだが、そんな僕の心情などわからないはずであるのに課長は、なぜかますます僕をどぎまぎさせる問いをしかけてきた。

「ところで長瀬君、今のマンションだけど、知り合いのツテで借りているという話だったよね。どういった知り合いなのかな？」

「え？」

思わず絶句した僕に、課長は相変わらず麗しいとしかいいようのない笑みを浮かべ、問いを重ねる。

「誤解しないでおくれね。今、人事とＩＴとであの悪戯《いたずら》メールの発信人の特定に全力を挙げているんだが、そのためにも何かヒントが欲しくてね。君があのマンションに住んでいることを知っているのは、社内では緊急連絡網を閲覧できる部員と届け出をした人事の人間に限られるが、社外ではどうなんだと、それを人事に確認するよう言われているんだ。決してあのメールを信じるわけではないが、人事も部屋番号から、君の部屋がとても家賃八万で住めるものではないと判断して、それでその理由を教えてほしいと言ってきているんだよ」

「……え……」

人事がそんなことを、と動揺するあまり僕は、声を失ってしまっていた。

確かにあの部屋を『家賃八万』と言われたら僕だって何かあるのかと疑うだろう。課長は『疑っているわけではない』と言ってくれたが、実際人事の僕に対する印象は悪いんじゃないかと思えて仕方がない。

疑わしいと思うからこそ、課長にどこの誰から借りているのかを調べるようにと言ってきたのだろうし、と課長を見る。

「僕は君がゲイでも男の愛人でもないと信じているよ」

と、課長は僕の視線をどうとったのか、きっぱりとそう言い、わかっている、というように深く頷いてみせた。

「…………」

その言葉を聞いた途端、僕は今まで以上に何も言えなくなってしまった。課長に悪意などないことは勿論わかっている。だが、彼の言葉は僕の胸にぐさりと刺さった。

「自分の部下がゲイ呼ばわりされるなど、許し難いよ。大丈夫だ。僕も、それに課のみんなも、君の汚名を雪《そそ》ぐべく協力する。だからどうか安心してほしい」

「……あ、ありがとうございます……」

礼を言いはしたが、課長が言葉を発するたびに、僕の胸にはぐさぐさと鋭利な刃物を突き立てられたような痛みが走っていた。

『ゲイ呼ばわり』『許し難い』『汚名』——桐生という同性の恋人を持つ僕にとって、それらの単語を浴びせられるのはあまりにきつい、と項垂れた僕の耳に、そのとき意外な人物の声が響いた。

「あれ、君たち、来てたの？」

「…………」

この声はもしや、と思い顔を上げた僕の目に飛び込んできたのは、少し驚いたように目を見開きつつも、人懐こい笑顔を浮かべている小山内部長の顔だった。

「…………あ…………」

思わず声を漏らした僕の前で、課長もまた驚いた顔になっている。

「ちょうどよかった。一人じゃ寂しいから、同席してもいいかな？」

にこにこ笑いながら部長がそう言い、近づいてきたギャルソンに、

「悪いんだけどさ、ここ、一つ席作ってよ」

と声をかける。その様子を僕はただ、わけがわからないままに見守ることしかできずにいたのだが、ふと視線を向けた先、姫宮課長が酷く取り乱した表情をしていたことはなぜか、いつまでも頭に残っていた。

小山内部長の突然の出現に唖然としたのは僕だけではなかった。

「一体、どうなさったんです？」

姫宮課長は僕以上に取り乱しているようで、問いかける声が震えている。

「久々に美味しいイタリアンが食べたくなったんだよ。誰か誘おうと思ったんだが悉《ことごと》くふられちゃってさ。仕方がないんで一人で来てみたら、君たちがいるのを発見したんだ。いやあ、ついてたな」

あはは、と小山内課長は笑っていたが、そこに先ほど僕らを——というより姫宮課長を席まで案内してくれた髭の推定オーナーが慌てた様子でやってきた。

「これは小山内様、いらっしゃいませ。本日ご予約いただいておりましたでしょうか」

「してないよ。あれ？　もしかして、予約がないと入れてくれないなんて、冷たい店になっちゃったの？」

ふふ、と笑う小山内に、オーナーが「とんでもありません」と大仰に首を横に振る。

「ご来店されることがわかっておりましたら、お出迎えに参上いたしましたのに」

「オーナー自らお出迎えなんて、僕には恐れ多すぎるよ」

小山内が声を上げて笑ったところに、三人分のグラスシャンパン——スパークリングワインだったか——が運ばれてきた。

「こちらは店からのサービスとさせていただきます」

「え？　いいの？　ありがとう」

小山内が笑い、グラスを手に取る。

「もうけたね」

そう笑いかけられ、僕も笑い返したのだが、ちらと見やった姫宮の顔は強張っていた。

その後、食事が始まったのだが、喋《しゃべ》るのはもっぱら小山内部長で、内容は言っちゃなんだが、どうでもいいような話ばかりだった。

姫宮課長は口を閉ざしたまま、小山内部長が話を振っても「ええ」「いいえ」と短く答えるのみで、何かを考え込んでいる様子である。

僕は、といえば、先ほど課長に聞いた話が心にひっかかり、部長が次々繰り出す話題には正直気もそぞろだった。

デザートまで出終わると、小山内が、

「そういえばさ」

と不意に話題を振ってきた。

「長瀬君への中傷メール、あれ、犯人特定できそうだって、ＩＴから連絡があったよ」

「本当ですか⁉」

なぜそれを最初に言ってくれなかったのだろう、と思わず大きな声を上げてしまった僕の正面で、課長が持っていたフォークをぽろりと落とした。

それがデザートの皿に当たり、かなり高い音が響き渡る。

「あ、すみません」

課長は僕らと、慌てて飛んできたギャルソンに詫びていたが、彼の顔色は悪かった。

悪酔いでもしたのかと心配になり、

「大丈夫ですか？」

と問うと、課長はにっこりと微笑み、頷いてみせた。

「ごめん。ちょっと酔ったみたいだ」

「姫宮君、ザルじゃなかった？」

ふふ、と小山内部長が笑い、姫宮の顔を覗き込む。

「それは小山内さんでしょう」

姫宮もまた部長に笑い返したのだが、相変わらず彼の顔色は悪い気がした。

「そういったわけだから、安心していい。それから部員にも、再度メールするよ。あのメールは酷い中傷で、犯人も特定できたと。その人物が君への恨みを抱《いだ》いていただけで内容に関しては事実無根だとわかれば、支社の皆の態度ももとに戻ると思う」

「……ありがとうございます」

確かに、犯人が誰と公表されれば、あれが『中傷』であったという言葉にも信憑《しんぴょう》性が増す。安堵すると同時に僕は、一体誰にそうも恨まれていたのか、それが気になってきた。

「あの」

「ん？」

声をかけた僕に、小山内部長が小首を傾げるようにして問い返してくる。

「誰……だったんでしょう。あのメールを送ったのは」

「それは明日、ＩＴから連絡が来ることになっているんだ。きたらすぐに知らせるよ」

部長はそう答えてくれたあと、姫宮課長へと視線を向けた。

「勿論、姫宮君にも知らせるよ。二人で長瀬君をフォローしていこう」

「そうですね」

姫宮課長が深く頷き、小山内部長同様、任せてほしい、というように僕に微笑みかけてくる。やはり悪酔いでもしたのか、課長の顔色は悪く、目の下がぴくぴくと痙攣《けいれん》していた。

それから間もなく、僕たちはレストランを出た。会計はすべて小山内部長がもってくれることになり、僕や、何より姫宮課長がいくら出すといっても部長は「いいから」と笑って払わせてくれなかった。

「それじゃあ、お疲れ」

部長は僕に笑顔を向けると、姫宮課長に向かい目で合図をした。これから二人で飲みに行こうということかな、と察した僕は二人に、

「お疲れ様でした」

と頭を下げ、駅へと向かって歩き始めた。暫く歩いてから何気なく振り返ると、既に二人の姿は消えていた。それにしても小山内部長の登場には驚いた、と彼がいきなり声をかけてきたときの様子を思い出していた僕の頭にふと、あれは偶然だったのかな、という疑問が浮かんだ。

まだ小山内部長のキャラクターをよく知らないが、あんな高級イタリアンレストランにいつも一人で食事に行くような人なんだろうか。

実家は老舗《しにせ》の呉服屋だということだし、例の高級マンションに住んでいるくらいだからお金持ちではあるんだろう。店でも常連っぽかったが、それにしてもちょうど僕たちが訪れたその日に偶然来合わせることなんてあり得るんだろうか。

姫宮課長の驚きようを見ると彼が知らせたわけではなかったみたいだし、と首を傾げつつも地下鉄のホームに降りた。

名古屋は地下街が充実しており、店は結構開いていた。時計を見ると九時半を回ったところで、まだこんな時間だったのかと改めて気づく。

店に入ったのも早い時間なら、食事が出てくるのも結構スピーディだった。とはいえこうも短い会食となったのは、食事の最中小山内部長が一人で喋っていて、会話らしい会話がなかったからだと思われる。

部長が現れてからの姫宮課長の様子もおかしかったんだよなあ、と殆《ほとん》ど喋らなかった彼の綺麗な顔を思い浮かべ、また首を傾げたが、『様子がおかしい』といっても普段の課長を殆ど知らないからな、と考え直した。

なんとなく、近寄りがたい雰囲気はある。その要因の一つは端整すぎるあの容姿じゃないかと思うのだが、実際話してみると別に話しづらいといった雰囲気はない。

上司としてもあれこれ気にかけてくれるし、いい人じゃないかと思う。なのになぜか彼を思い浮かべると、僕の胸にもやっとした思いが立ち上るのだった。

それは多分、彼が何度か口にした『ゲイ呼ばわり』という言葉が引っかかっているからだろう。とはいえ別に、差別だと目くじらを立てるつもりはない。第一自分がゲイであるかもわからないので、目くじらの立てようもないのだが、やはりなんとなくもやっとしてしまう。あれだけ綺麗な人だし、もしかしたら昔、男に迫られて嫌な思いをした、というような過去があるのかもしれない。だからゲイを嫌悪するのかも、と一人納得しかけ、想像力を働かせすぎかと反省する。

馬鹿なことを考えていないで、メールのチェックでもしよう、と改札へと向かいながら僕は携帯を取り出し、会社のメールを開いた。今日はほぼ定時で出てきてしまったので、客先から何か来ているかも、と思ったのだ。

メールを開いた途端、僕の足は完全に止まった。携帯のディスプレイに、今朝来た中傷メールと同じアドレスを見出したからだった。

しかもそのメールのタイトルが――。

『桐生隆志《たかし》』

それだけでもう、頭の中が真っ白になった。本文を開けるのが怖い。しかもメールには添付ファイルがあるようだった。だが見ないでいるのは更に怖くて、僕は震える指でボタンを押した。

『長瀬秀一《しゅういち》の愛人は桐生隆志というもと社員です』

本文はその一文で、もしや、と思いつつ開いた添付ファイルは、マンションのエントランスから出てくる、桐生に肩を抱かれた僕の写真だった。

「…………」

携帯の小さな画面からでも、桐生の顔がはっきりと写っているのがわかる。どうしようとその場に立ち尽くしていた僕は、余所見《よそみ》をして歩いていた若い男にぶつかられ、はっと我に返った。

「あ、すみません」

慌てて詫びてきた男に僕も、すみません、と言おうとしたが声は出なかった。声どころか人の邪魔になるとわかっていながら、足は一歩も前に出ず、人を避《よ》けることもできなかった。

今回のメールは今朝のメール同様、僕だけに送られたものなのか。それとも前日のように支社の人間全員に送られたのか。

宛先をチェックしたが、『BCC』になっていて、僕以外の誰に送られたのかはわからない。どうしよう、と僕は携帯を開いたままその場に立ち尽くしてしまっていた。

もしもこのメールが社内にばらまかれていたとしたら――桐生の名前や顔まで皆に知られることになる。

僕一人が中傷されるのなら、まだよかった。だが、これでは本格的に桐生を巻き込むことになってしまう、と思った瞬間、ここが地下街ということを忘れ僕は叫びそうになっていた。

『どうしたらいいんだ!!』

叫びたい言葉はその一言だった。本当にどうしたらいいのかまるでわからない。まずはこのメールが支社内にばらまかれたものなのかを確かめたいと思ったが、その手立ては何一つ思いつかなかった。

唯一思いついた考えが、さっき別れたばかりの姫宮課長と小山内部長に相談するというものだった。彼らもまた携帯から会社のメールを見ることができる。二人に届いていなければまた、僕だけに送られてきたものだとわかるのだが、そうだった場合、朝同様やぶ蛇になってしまう危険があった。

それに、もしも桐生のことに言及されたらなんと答えればいいのか、それすら僕は考えられていなかった。

『桐生隆志という人物は、本当に君の愛人なのかい？』

頭の中に幻の姫宮課長が、嫌悪感も露わにそう問いかけてくるイメージが浮かぶ。

愛人ではない。恋人だ——正解はそうだが、そう答える自信はなかった。

しかし、放置しておくわけには勿論いかない。本当にどうしよう、と途方に暮れていた僕の耳に、桐生の声が蘇った。

『なんにせよ、一人で抱え込むなよ』

桐生に——会おう。

会ってすべてを打ち明けよう。

その瞬間、僕はそう決意していた。慌てて時計を見て、これからならまだ最終の『のぞみ』に間に合う時間だと確認し、改札に向けて走り出す。

誰に相談するかなんて、迷う必要はない。桐生にこそ相談すべきだったのだ。それを僕は、できることなら彼には心配をかけたくないなんてもっともらしい理由を作り、避けてしまった。

本来なら最初から、桐生に相談すべきだった。せめて昨日、訪ねてくれたときに打ち明ければよかったのに、そうすることができなかった自分を、今、僕は猛烈に恥じていた。

桐生が差し伸べてくれた手をとらねば——もう遅いかもしれないが、今こそ桐生にすべてを話す決意を僕は固めていた。


名古屋駅に到着したのは、最終ののぞみが出る十分前だった。チケットを購入し、売店でビールを買って列車が到着するのをホームで待つ。

明日も会社があるので、復路の切符もついでに予約した。今朝の桐生のように、出社に間に合うような時間の新幹線を探し、『ひかり』にしようと決める。

実際、ビールなど飲みたい気分ではなかったが、飲まずにはいられなかった。だが、着席と同時にプルトップを上げ、飲み始めたものの酔いは少しも訪れてくれなかった。

東京に到着するのは深夜近くなる。きっとまだ、桐生はマンションに帰ってないだろう。事前にこれから行くと連絡を入れようか、と携帯を握り締める。

メールを入れておいたほうがいいだろうなとは思ったが、その勇気は出なかった。マンションで待っていればいつかは帰ってくる。それを待とう、と携帯を離し、またビールを呷《あお》る。

桐生の顔を見たら、まず、なんと言おう。最初に中傷メールの内容を告げ、打ち明けられなかったことを詫びる。

そして、もしかしたら支社内に桐生の顔と写真がばらまかれているかもしれないことを知らせる。結果、迷惑がかかるかもしれない。それを謝る。

あとは――真っ暗な車窓の外、窓ガラスにビールを手にした情けない自分の顔が映っている。どうしてこんなことになってしまったんだ、と溜め息が出そうになったが、ビールと一緒に飲み込んだ。

もし仮に、最初から桐生に打ち明けていたら、こんな展開にはならなかったかもしれない。彼なら何か解決策を思いついたかもしれないからだ。

迷惑をかけたくないという思いが、こんな結果を生むなんて、とまたも漏れそうになる溜め息を、ビールと共に飲み下す。

過ぎたことを後悔したところで、それこそ解決には結びつかない。それに、桐生だって万能じゃないんだから、相談したところで『みるみる解決』なんて夢のような展開にはならなかっただろう。

過去に戻るのなら『後悔』ではなく『思考』をすべきだ。僕に中傷メールを送る可能性のある相手を考えよう。

その人物は桐生の名と、もとうちの会社の社員だったことを知っている。

しかも、名古屋支社全員のメールアドレスも知っている上、僕のマンション前に張り込み写真を撮ることができる。

普通に考えて、支社の人間だろう。桐生のことを知っているのは、同期か、またはここ三年の間に東京本社で勤務していた人間。ああ、桐生が在職中にもし名古屋支社とかかわりがあったら、そこでやり取りしたことがある人間も含まれるな、と気づく。

その上で、僕に恨みを抱いている人間となると——本当に心当たりがないとしかいいようがない、と首を傾げる。

もしかしたら、写真は興信所とか探偵事務所とかに撮らせたのかもしれない。となると、名古屋支社の人間だとは限らないか、という可能性に気づいたのは、新幹線が新横浜に到着した頃だった。

うちの会社の社員であれば、名古屋支社に限らず、全社員のメールアドレスが検索可能だ。となると範囲が広がるな、と思ったと同時に、興信所や探偵事務所を使うようなら、名簿屋から支社の名簿を購入することだってできるか、と気づき、またも範囲が広がったことに僕は天を仰いだ。

だが、どこまで範囲が広がったとしても、一つだけ不変の条件がある。それは——僕を恨んでいる、ということだ。

もしも本当に大金を投じて名簿屋や探偵を使ったというのなら、それだけ恨みが深いということになるな、と心の中で呟いたと同時に、背筋に冷たいものが走った。

そうも人に恨まれるような覚えはまったくない。気づかぬうちに僕は誰かを傷つけていたのだろうか。それを恨まれた結果、こんな目に遭っているのか、と考えたが、思いつく事柄は何もなかった。

覚えはないにしても、恨まれるきっかけとなった何かがあったのは、多分最近だろう。なぜなら、東京勤務のときにはあんな中傷メールなど来たことがなかったからだ。

最近——時期は特定できるのに、やはり心当たりはまるでない。桐生もまた、どうしてこんなことになったのかと聞いてくるだろうに、彼に対しても『まったくわからない』としか答えようがない自分が情けなかった。

東京駅からタクシーを使い、築地のマンションに到着したのは、日付が変わる直前だった。桐生の帰宅は深夜を回ることが多かったから、多分まだ帰ってないだろう。そう思い、見上げた高層マンションは、まだ引っ越してからひと月も経《た》っていないというのに酷く懐かしく感じられた。

ずっと上を向いていたからか、エントランスに向かって歩き始めたとき、軽い目眩《めまい》を覚えた。思えば小山内部長や姫宮課長と食事をしたイタリアンレストランでもワインを結構飲んだし、新幹線内でも缶ビールを二缶——いや、三缶空けた。自分で考えているより酔っているのかも、と口に手を当て、はあ、と息を吐いてみる。酒臭いかどうかを確かめようとしたのだが、自分ではよくわからなかった。

こんな馬鹿みたいな行為をすること自体、酔っている証拠かも、と反省しつつ持っていたキーでオートロックを開ける。そのままエレベーターホールへと向かい、再びキーをかざしたとき、ああ、懐かしいな、という気持ちが急速に胸に立ち上ってきた。

きていた箱に乗り込み、三十八階のボタンを押す。それだけでなんだか涙ぐみそうになるほど懐かしさが募り、涙を堪えるために表示灯を見上げる。

もしも僕が名古屋に行くという選択をしなければ、何も起こらなかったんじゃないか。ちらとそんな考えが頭に浮かぶ。もし今の会社を辞めて桐生の会社に移り、東京に残っていれば中傷メールも届かず、こんなふうに三十八階のボタンを押すだけで懐かしさに涙ぐむこともなかったはずだ。

桐生に迷惑をかけることもなかったのに、と溜め息をつきかけ、なんて女々しい、と激しい自己嫌悪に陥ったところでエレベーターは三十八階に到着した。

名古屋に行くという選択は、考えに考え抜いた結果僕が下したものだ。少しでも桐生に相応しい男になりたい、そのためには今の会社で、何か一つでも『成し遂げた』と思えるような仕事をするんだ。そう思い名古屋行きを決めたというのに、その選択を悔いるだなんて、人として成長するどころか後退しているようなものだ。

しっかりしろ、と自身を叱咤《しった》し、鍵穴にキーを挿す。今日は泣き言を言いに来たんじゃない、桐生に事態を報告し、謝りに来たんだから、と思いながらキーを回してドアを開いた。

「あ」

大きくドアを開こうとしたのに、チェーンに阻まれる。ということは既に桐生は帰宅していたんだ、と察した僕はドアを閉め、インターホンを鳴らした。

『はい』

桐生の訝《いぶか》しげな声がする。寝ていた様子はないその声に向かい、僕はおずおずと名前を告げた。

「ごめん、長瀬だけど」

『え？』

戸惑った声がした次の瞬間、ブツッとインターホンが切れ、直後に室内から桐生が走ってくる足音が聞こえてきた。

すぐにチェーンが外され、扉が開く。

「……………ただいま」

息を切らした桐生が、どこか呆然とした顔で僕を見つめている。滅多に見ることのできないそんな彼の顔に、驚いたあまり僕は自分でも呑気だなと思うような言葉をかけてしまった。

それを聞いた桐生の顔に、いつもの彼らしい不敵な笑みが浮かぶ。

「おかえり」

茶化すように笑った彼が、腕を伸ばし、僕の手首のあたりを摑んでぐっと扉の中へと引き入れる。

「うわっ」

勢い余って彼の胸に飛び込んだ僕の背中に桐生の腕が回ったと思った次の瞬間、落ちてきた彼の唇に唇を塞がれた。

「……っ」

噛《か》みつくようなキス、という比喩《ひゆ》がぴったりの激しいくちづけに、戸惑っていたのは最初のうちだけで、気づけば僕の腕は桐生の背に回り、シャツをしっかりと摑んでいた。

背にあった桐生の手が下へと滑り、腰をぐっと抱き寄せられる。おかげで密着することになった彼の下肢は驚くほどに熱かった。

「きりゅ……っ」

既に硬くなっている雄の感触が服越しに伝わってきたと同時に、僕の身体にも欲情の焔が一気に立ち上っていく。

堪らず彼の名を呼び、尚も縋《すが》り付こうとしたそのとき、不意に桐生が腕を解きキスを中断した。

「……え……」

僕の口から、自分でも間が抜けていると思われる声が漏れてしまった。余程啞然とした顔だったのか、目の前で桐生がぷっと吹き出す。

「そのとぼけた声は……本物だな」

「とぼけたって……」

確かにそう言われても仕方のない声だったかもしれないけど、と口を尖らせた僕を見て、桐生はまた笑ったあと、身を屈《かが》め、その尖らせた唇に軽くキスをしてくれた。

「冗談だ。夢や幻じゃないと確認したかったのさ」

ははは、と桐生が笑い、僕の背を促すようにして室内へと進んでいく。

「夢……」

いかにもリアリストの桐生が、『夢』だの『幻』だの言い出すなんて、と驚いたあまり顔を見上げた僕に額を合わせるようにして、桐生が問いかけてくる。

「どうした？　東京に来る用事でもあったのか？」

「あ……」

問われた途端、桐生との再会に、彼の激しいキスに浮かれていた僕の気持ちは一気に冷めた。

自分で自分が信じられない。来訪の目的は謝罪だったのに、と唇を噛んだ僕の顔を、桐生が覗き込んでくる。

「サプライズ……ということでもなさそうだな」

桐生の少しおどけた口調はおそらく、何か言いづらいことを抱えていると思しき僕の口を開かせようとしたためではないかと思われる。

彼の顔に浮かんでいる笑みは、果たして、僕の告白を聞いたあとでもその頬に変わらず浮かんでいるだろうかと案じながらも、今こそすべてを打ち明けようという決意を込めて、じっと僕を見つめる桐生を真っ直ぐに見返したのだった。

桐生は僕が、何か打ち明けることがあって来たのだと察してくれたらしく、リビングへと連れていくとソファに座らせ、酒を勧めてきた。

「何か飲まないか？　ビールか、ワインか」

「じゃあ、ビールを」

酒で勢いをつけようとしたわけではなかった。幾分、その気持ちもあったが、どちらかというとせっかくの桐生の気遣いを無にしたくないという思いのほうが強かった。

「…………」

桐生は一瞬、何かを言いかけたがすぐに「わかった」と微笑むと、冷蔵庫に向かい、自分と僕のためにスーパードライ二缶を手に戻ってきた。

「ありがとう」

差し出されたそれを受け取り、礼を言う。

「何か食べるか？」

問いかけてきた彼に、食事はもうすませてきた、と首を横に振ると僕は、プルトップを上げるより前に、話をせねばと口を開いた。

「桐生、ごめん。もしかしたら桐生に迷惑をかけてしまうかもしれない」

「迷惑？」

桐生が驚いたように目を見開く。きっとこれからする話は桐生を更に驚かせるのだろうなと覚悟しつつ、僕は謝罪の内容を話し始めた。

週明け、突然僕を中傷するメールが名古屋支社の人間全員に配信されたこと。

その中傷の内容が、最初は僕が今住んでいるマンションについてで、五十万もの家賃を愛人に払ってもらっているというものだったこと。

翌日、再び中傷メールがきたが、そこには桐生の後ろ姿が写っており、彼こそが愛人だと書かれていたが、そのメールは僕宛にしか届いていなかったこと。

そしてまたつい先ほど来た中傷メールには、桐生の顔写真と名前、それにもとウチの会社の社員だということが記されていたこと。

それらの事実を僕はできるかぎり簡潔に、そして事実のみを桐生に伝えようとして話し続けた。

桐生は僕の話をただ黙って聞いていた。

「……そういったわけで、もしかしたら今後、桐生に迷惑がかかる事態が起こるかもしれないんだ。本当に……申し訳ない」

謝ってもなんの解決にもならないと思いながらも、謝罪せずにはいられなくて深く頭を下げる。と、すぐに頭の上から桐生の、笑いを含んだ声が響いて来た。

「そんなことをわざわざ知らせに来たのか？」

「……え？」

『そんなこと』といえるような内容じゃないと思うんだけど、と驚き顔を上げる。目に飛び込んできた桐生の顔は——笑っていた。

「俺のことなら気にする必要はない。もともと、お前との関係を人に隠すつもりはないからな」

「……え……」

にっこりと笑った桐生が僕の隣へと腰掛け肩を抱いてくる。

「三友商事名古屋支社の人間、全員に俺たちの関係を知られようが俺はかまわない、と言ってるんだ。ああ、でも俺があの部屋の家賃を払っているというのはデマだからそこは訂正したいな。それからお互い独身なんだから『愛人』というのも表現がおかしいよな」

「き、桐生……」

さもなんでもないことのように——それどころか、軽口といってもいいような調子で話し始めた桐生の言葉を、僕は思わず遮ってしまった。

「ん？」

桐生が小首を傾げるようにし、僕の顔を覗き込んでくる。

「あ、あの……」

怒らないのか――それ以前に、なぜ驚かないんだ、とそれを聞きたいのに、うまく言葉にできない。

「どうした」

呼びかけたきり絶句した僕の口を開かせようと、桐生が優しく問いかけてくる。

「あ、あの……メ、メールの差出人については、今、調査してもらってる。どうしてこんなことになってしまったのか、僕自身、まったく心当たりがないというのも情けないんだけど……」

「ああ、犯人が誰かということは気になるな。中傷メールを送る程度ならまだいいが、直接お前に暴力的な危害を加えるようにでもなれば大変だ。その調査には警察が介入しているのか？　御社のことだから穏便に済ませようとしてるんじゃないかと心配だが」

「桐生………」

桐生の口から出るのは、僕に対する非難ではなく、僕を案じてくれる言葉のみだということに、逆に罪悪感を駆り立てられた。

「ごめん、本当に……」

謝罪したところで取り返しがつくものではない。それでもやっぱり謝らずにはいられず、頭を下げた僕の額に、桐生の額が触れる。

「……何度も言わせるなよ。謝る必要など微塵《みじん》もない。誰にお前との関係を知られようが俺はかまわない。お前が気にすると思うから公にしていないだけだ」

「僕だって……」

気にしない、と言いかけ、自身の言葉の嘘に気づく。せっかく打ち解けたと思った新しい課のメンバーにあからさまに避けられたり、支社中の人たちに白い目で見られたときの光景がフラッシュバックのように蘇っていた。

中傷メールの内容は嘘だ。だが、もし僕の恋人が同性であると知られたら、彼らはやはり僕を白い目で見るのではないだろうか。

僕自身、そうした差別の心を持たないよう心がけているが、世間では性的指向に対する差別は根強くあると思う。

課の皆にも、そして色々と気を配ってくれる姫宮課長や、メールの件を鷹揚《おうよう》に受け止めてくれた小山内部長にも、色眼鏡で見られるようになるかもしれない。

常に疎外感を抱きながら、日々を過ごしていく。たった一日でも結構参ってしまったのに、それが名古屋にいる間中続くのだ。

そのうちに噂《うわさ》は名古屋から東京に巡るかもしれない。東京には桐生のことを知っている人間が結構いる。そうだ、野島《のじま》課長や、もと桐生の上司だった北村《きたむら》課長、それに当時の人事部長は、会議室内での例の件を知っている。強姦ではなかったのか、と問い質《ただ》されるかもしれない。

『見損なったよ』

『そういう関係だったのか』

課長に、そして親しくしていたもと課のメンバーに、尾崎《おざき》や吉澤《よしざわ》ら同期までにも白い目で見られるようになったら——果たして僕は耐えられるだろうか。

「どうした」

あれこれと考えていたため、語尾が消えたまま黙り込んだ僕の顔を、桐生が額をつけたまま覗き込んでくる。

「……あ……」

焦点が合わないくらいに近づけられた彼の笑顔が目に入った瞬間、不思議なことに、頭の中でぐるぐると巡っていたさまざまな考えが一瞬にして消え失《う》せた。

すとん、と気持ちが落ち着くところに落ち着いた、という感じだった。あまりにもそれが明確だったため、かえって啞然としてしまっていた僕に、桐生が問いかけてくる。

「……長瀬？」

『あ』と言ったきり、言葉を失っていた僕を案じてくれたらしい桐生の顔には、心配そうな表情が浮かんでいる。

一方、心配してもらわなくても大丈夫、と大きく頷いた僕の頬には笑みが浮かんでいた。清々しい——まさに気分はその状態だった。自然と笑みまで零れてしまったことに戸惑いながらも僕は、自分の導き出した結論を桐生へと告げ始めた。

「僕も気にしない。桐生を巻き込んでしまったのは申し訳ないと思うけれど、桐生と恋人同士だということは事実だし、桐生を思う気持ちは人に恥じるようなものじゃないから」

「…………」

僕の言葉を聞き、桐生が心底驚いた、というように目を見開く。そんな彼に僕は再び、きっぱりと頷いてみせた。

「無理してるんじゃないんだ。自分にとって、何が大切かを考えた。僕にとって大切なのは、会社の人間にどう思われるかなんてことじゃない。桐生なんだ。会社の人間だけじゃない、誰にどう思われようと、僕にとって何より大切なのは……」

ここで僕は改めて桐生を見た。桐生もまたじっと僕の瞳を見返す。

「僕にとって何より大切なのは、君なんだ」

そう——先ほど僕の中に天啓さながら、すとんと落ちてきた思いはそれだった。

会社での人間関係はそれなりに大切なものだ。が、それを失ったからといって生きていけないというものではない。

だがもしも桐生を失ったとしたら、僕は確実に生きてはいけない。生きる指標を失ってしまう。そのことに気づいたとき、僕は自分にとって何が一番大切かを同時に察したのだった。

「…………」

桐生は暫し無言で僕を見つめていたが、やがてふっと微笑むと、僕の頬を両手で包んだ。

「俺もだ。お前以外、何もいらない」

そう告げ、桐生が僕に唇を寄せてくる。

「桐生……」

あまりに優しげな瞳の光に、不意に涙が込み上げてきた。

「……本当にごめん……こんなことに巻き込んでしまって……」

この世の中で一番大切な人に、迷惑をかけてしまうかもしれない。そのことが本当に悔やまれた。申し訳ないという思いが僕の声を震わせる。と、桐生は頬を包んでいたその片手で、きゅっと軽く僕の頬を抓った。

「痛」

思わず声を上げた僕に、桐生が更に顔を近づけ微笑みかけてくる。

「見くびってもらっちゃ困る。どんな噂を立てられたところで、影響を受けるような仕事の仕方はしちゃいないさ」

「…………頼もしい……な」

実際、桐生の言葉にはったりなどないのだろう。思えば彼が今まで僕との関係を隠したことは一度もない。

特殊なケースかもしれないが、部下の滝来の前でも堂々としていたし、それに、彼の会社の取引先を招いて、この部屋から花火大会を観賞した際にも、遠慮し、家を空けていようとした僕に、桐生は是非参加してほしいと要請してきた。

桐生は最初、花火は僕と二人で見るつもりだと社からの依頼を断ったのだが、米国のCEOからのたっての頼みであったので渋々引き受けたのだった。相手はCEOが気を遣うほどのVIPだったというのに、桐生はなんの躊躇いもなく僕を皆に紹介した。僕が世間体を気にしたので『パートナーだ』とは言わなかったし、言わずとも察したのかVIPたちも何も尋ねてこなかったけれど、もしも『どういう関係だ？』と問われたら桐生は『恋人だ』と答えていたに違いない。

僕なんかより、ポジション的にも失って困るものはたくさんあるはずなのに、桐生は実に堂々としている。

それは今、彼が言ったとおり、そんな『仕事の仕方』をしていないということなんだろう。それに引き替え僕は、と落ち込みそうになったが、ここで落ち込むのがいけないのだと考え直す。

落ち込むのではなく見習うのだ。僕も人に何を言われようが堂々と胸を張っていられるような仕事ぶりを目指す。そもそも、それを目指して名古屋へと行く道を選んだのだ。

自身にそう言い聞かせていた僕は、再び頬を抓られ、いつしかはまり込んでいた一人の思考の世界から呼び戻された。

「言っただろ？　一人で抱え込むなって」

苦笑する桐生に「ごめん」と謝りかけた、その僕の頬を桐生がまた抓る。

「痛いよ」

「悪い。浮かれてると思って見逃してくれ」

桐生はそう笑うと、すっと立ち上がり、行こう、というように僕に手を伸ばしてきた。

「浮かれる？」

よく意味がわからず問い返しながらも、彼の手を取り立ち上がる。と、桐生は僕の腰に腕を回し、寝室へと誘《いざな》いながら、確かに少々浮かれていると思しき口調でこんな言葉を告げ、僕を赤面させた。

「熱烈な告白だった。『桐生のことが大切なんだ』――少々照れたが」

「……もう……っ」

僕は本気で言ったのにそれをからかうなんて、と、照れもあって声を荒げると、

「冗談だって」

と笑いながら桐生が唇を寄せてくる。

「本気で感動したんだからな」

「……もう……」

桐生の口調はふざけていたが、彼の眼差《まなざ》しは真剣だった。『感動』という言葉には僕のほうが『感動』してしまい、悪態をついた語尾が震える。

「俺もお前が一番大切だ。この世のすべてを失ったとしても、お前さえいてくれればいい」

そう言い、腰をぐっと抱き寄せてきた桐生の胸に身体を預け、彼を見上げる。僕の胸にはこれ以上ないほどの感動が溢れていた。

「……桐生……」

呼びかける声まで震えてしまった僕の、涙の滴が今にも零れ落ちそうになっていた瞳に、桐生の少し照れたような笑顔が映る。

「……聞くのも照れくさいが、言うのは更に照れくさいものだな」

「でも……嬉しいよ」

感情の高まりが僕をいつも以上に素直にし、気づけばそんな本音がぽろりと口から零れていた。

途端に桐生に、驚いた顔をされ、はっと我に返る。

またからかわれるかな、と覚悟していた僕の腰を更に抱き寄せ、桐生が耳元で囁いてきた。

「俺はお前の倍――いや、三倍は嬉しく思ってる」

「……桐生……」

くすっ、と笑う桐生の息が耳朶《じだ》にかかったと同時に、びく、と身体が震えてしまった。それをまたくすりと笑われ、ますます頬に血が上る。

「また、からかって」

赤い顔を晒《さら》している気恥ずかしさに、つい悪態をついた僕の耳元に桐生がまた唇を寄せ、更に僕を赤面させることを囁いてくる。

「本気さ」

「…………っ」

またも耳朶に彼の息がかかり、どき、と鼓動が高鳴る。急速に立ち上る欲情の焔を隠す気は既になく、僕は彼の胸に縋り付いていった。

「や……っ……あっ……あぁ……っ」

寝室に入ると僕たちはそれぞれに服を脱ぎ合い、もつれるようにしてベッドへと倒れ込んだ。

桐生が僕の胸に顔を埋め、両方の乳首をそれぞれ口と指で愛撫する。それだけで達してしまいそうになっているのを堪えるのに、僕は必死になっていた。

桐生さえいればもう、何もいらない。彼以上に大切なものなんて、僕にはない。今更の自覚が欲情を更に煽《あお》り立て、彼に触れられているというだけで酷く昂まってしまう。

時折肌に触れる桐生の雄の熱さが、僕をますます快楽の絶頂へと駆り立てていく。もう、すぐにも欲しい、という気持ちが募り、気づいたときには両手で桐生の髪を摑んでしまっていた。

「……………」

桐生がちらと顔を上げ、僕を見る。彼の目の中にも僕と同じく、欲望の炎が燃えさかっていた。

かち、と音がするほど目が合ったその瞬間、桐生には僕の気持ちが通じたようだ。わかった、というように微笑むと、身体を起こし僕の両脚を抱え上げた。

「や……っ」

煌々《こうこう》と明かりの灯《とも》る下、突き上げを期待し早くもひくついている後孔を晒され、羞恥に身を捩ると、桐生が、今更、というように笑い、双丘を摑んで開かせた。

「……凄いな」

恥ずかしがっているのはわかっているはずなのに、広げたそこを見やり、感心した声を上げる。

「意地悪……っ」

こういうのは『言葉責め』とでも言うんだろうか。行為自体は物凄く優しくなった桐生だが、わざと僕の羞恥を煽るような意地悪を言うことがときどきある。

酷い、と思うのだけれど、羞恥を煽られると同時に欲情も煽られるのもまた事実で、ひくつきを揶揄された僕のそこは、彼の視線とその揶揄の言葉にますますひくつき、雄はますます硬さを増していった。

「意地悪……ねえ……」

桐生が笑いながら自身の指を舐《な》めて濡《ぬ》らし、そのままそこへとねじ込んでくる。

「ん……っ」

一瞬だけ覚えた違和感はすぐに快楽の波へと紛れていった。ひくひくと、まるで壊れてしまったかのように内壁が蠢《うごめ》き、桐生の指を締め付ける。

「…………」

桐生が驚いたように目を見開いたと同時に、にやりと笑う。また意地悪を言われると察した僕は、それより前に、と自身の希望を叫んでいた。

「はやく……っ」

恥ずかしい、と言いながらも、そんな直接的な言葉を発してしまったのは、すっかり昂まっていたためだった。指では物足りないと思っているのに、少しの刺激でも与えられたらすぐにも達してしまいそうで、一人でいくのは嫌だという切羽詰まった思いが僕の口からそんな淫《みだ》らな言葉を発せさせた。

桐生は一瞬目を見開いたが、からかうにはもう、僕に余裕がないということはわかってくれたらしい。苦笑するように微笑んだあとに指を抜き、改めて僕の両脚を抱え上げると、既に勃ちきり、先走りの液を滲《にじ》ませていた逞しい雄の先端をすぐにめり込ませてくれた。

「あぁっ……」

待ちわびていたその質感に、僕の背は大きく仰け反り、口からは高い声が漏れていた。その声は桐生が一気に腰を進めてきたことで、更に高く――恥ずかしいほどに高くなったが、既に僕からは羞恥を覚える理性が失われていた。

奥底まで勢いよく貫いてくれたあと、激しく腰をぶつけてきた桐生の動きと反するように、僕も腰を突き出す。より接合が深まることが更なる快楽を呼び、一気に僕を絶頂へと押し上げた。

「あっ……あぁっ……あっあっあっ」

自らも激しく腰を突き出しながら、桐生の逞しい背にしがみつく。彼の太い雄が抜き差しされるたびに生まれる摩擦熱が内壁を焼き、その熱があっという間に全身へと広がっていった。

身体の内部は勿論、汗が噴き出す肌も、吐く息も、脳までもが沸騰しているかのように熱く、何も考えることができなくなる。

「あぁっ……もうっ……あっ……あっ……あーっ」

頭の中で閃光《せんこう》が何度も走り、その光が集まってやがて閉じた瞼《まぶた》の裏が真っ白になる。最早《もはや》思考力はゼロで、自分が何を叫んでいるのか、まるで自覚はなかった。

「いく……っ……あぁっ……もう……っ……もうっ……いく……っ」

あまりに高く喘《あえ》ぎすぎたせいで、喉にひりつく痛みを覚えていた。が、その痛みすらも僕を昂める要因でしかなく、ますます高い声が唇から放たれていく。

「もう……っ……あぁっ……きりゅ……っ……桐生……っ」

助けて、という気持ちで彼を見上げたのは、達したいのに達せずにいるこの状況から僕を脱却させてくれるのは彼しかいないと、ゼロに近い思考力でも察していたためだった。

そんな僕に桐生は、わかった、と頷くと、抱えていた片脚を離し爆発しそうになっていた僕の雄を握って一気に扱き上げてくれたのだった。

「あーっ」

悲鳴といってもいい声を上げて僕は達したのだが、達した瞬間、げほげほと咳《せ》き込んでしまった。

「大丈夫か」

僕とほぼ同時に達した桐生が、心配そうな顔で見下ろしてくる。

大丈夫、と頷きながらも、喉が変にいがらっぽくなっていたせいで、僕の咳はなかなか止

まらなかった。桐生はそんな僕を案じ、多分、水でも取りにいってくれようとしたのだろう、身体を起こそうとする。

「…………っ」

ずる、と彼の雄が抜けそうになったとき、反射的に僕は両手両脚で彼の背に縋り付いていた。

「おい」

桐生が驚いた声を上げるのにかまわず、大丈夫、と咳き込みながらも何度も頷いてみせる。

「水、飲むだろう？」

やはり桐生は僕のためにミネラルウオーターのペットボトルをキッチンに取りにいってくれようとしていたらしく、そう言い、腕を背中に回して僕に手脚をほどかせようとしたが、僕は尚も彼にしがみつき、それを制した。

「どうした」

桐生が呆れた声を上げ問い掛けてきたときには、僕の咳も収まっていた。

「……もう一回……」

もう一度、桐生と共に絶頂を迎えたい——互いを『一番大切』と思っていることを、それぞれが口にすることで再確認できた今、それを身体と身体を繋《つな》げることでより体感したいという願望を抑えきれなかった。

「……奥様は今日、随分積極的だな」

桐生が苦笑しつつも、再び僕の両脚を抱え上げる。彼の雄が早くも質感を取り戻しているのが、今の僕には嬉しくて堪らなかった。

それはきっと、彼の思いも僕と同じであるという、その証《あかし》だと思うから、とつい微笑んでしまうと、気づいた桐生もまた、にっと笑い返してくれた。

やっぱり気持ちは繫がっているんだ——そう思うと嬉しくて堪らず、再び腰の律動を開始した桐生の背を、両手両脚でしっかりと抱きしめ、彼が導いてくれる二度目の絶頂を目指す行為へと僕は没頭していった。

9

桐生の胸の中で、充足感をこれでもかというほど味わうことができた翌朝、朝一番の新幹線で名古屋に戻るべく、桐生の家を出た。

タクシーで行くからいいと言ったのだけれど、桐生は自分が東京駅まで送ると言ってきかず、結局は彼の好意に甘えてしまうこととなった。

「ごめん、こんなに朝早く」

車を出してくれたことを詫びると桐生は、

「別に。いつもこの時間には起きているからな」

と笑って僕の謝罪を退けただけでなく、

「お前が眠いんだろう」

と揶揄することも忘れなかった。

「……まあ、そうかな」

実際、朝にはめちゃめちゃ弱い僕が否定できずに頷くと、

「正直でよろしい」

と楽しげに笑いちょうど信号待ちで停車していたのをいいことに、ハンドルから手を離し、きゅっと僕の頬を抓った。

「痛いよ」

昨夜から、この頬を抓るというのがマイブームになったのかなと思いつつ、桐生を睨んだところで信号が変わる。

「目覚めさせてやろうと思ったのさ」

そんな僕の睨みなど桐生が相手にするはずもなく、またも楽しげに笑うと早朝ゆえ空《す》いている道を東京駅めざし飛ばしてくれたのだった。

間もなく駅に到着するというときになり、桐生が例の中傷メールについて話題を振ってきた。

「昨夜も言ったが、警察を介入させたほうがいい。悪戯ですんでいるうちはいいが、直接危害を加えられる可能性だってあるわけだし」

いかにも心配そうにそう告げる彼を安心させようと、僕は昨日、小山内部長から聞いた話を彼にも伝えることにした。

「大丈夫だよ。ＩＴが発信者を特定できたと昨日、部長に聞いたばかりだし。それに姫宮課長も何かと気を配ってくれているから、そんな心配は……」

「え？」

と、なぜかそのとき、桐生がらしくなく驚いた声を上げたものだから、僕のほうが驚いてしまい、言葉が止まった。

「なに？」

そう驚くような内容を話した覚えはないんだけど、と思いつつ問い返すと、桐生が何かを答えかけた——が、そのとき車は早くも八重洲口に到着してしまった。

「ごめん、本当にありがとう」

今、工事をしている東京駅の八重洲口前には駐車しておけるようなスペースはほぼないといっていい。桐生が何を言おうとしたか気にはなったものの、すぐに車を降りねばならないような状況だったので、僕は慌ただしく彼に礼を言い助手席のドアを開いた。

振り返ると桐生は、彼にしては珍しく、やや呆然《ぼうぜん》とした顔をしていた。どうしたのか、と問い掛けようとしたが、後ろからやってきたタクシーがクラクションを鳴らしてきたので車を停め続けることができず、桐生はハンドルを切ってロータリーを回っていった。

「…………」

なんとなく気にはなったが、予約していた新幹線の時間が迫っていたので、あとでメールか電話で聞けばいいかと思い、慌てて改札を目指した。

車内販売でコーヒーとサンドイッチでも買おう、と思っていたはずなのに、気づいたときには爆睡していて、念のため、とかけておいた携帯のアラームで、名古屋駅に到着する直前、目を覚ました。

まだぼんやりした頭のまま新幹線を降りる。一度、家に戻れないでもなかったが、そうすると出社時間がぎりぎりになりそうだったので、そのまま出社することにした。

スーツは昨日と同じになってしまったが、シャツもネクタイもかえている。なので外泊を疑われることはないだろうと思ったのだが、出社早々、自分の読みが甘かったことを思い知らされることになった。

早くに到着したので、近所のコーヒーショップでコーヒーを買いオフィスに向かうと、まだ始業まで一時間近くあるというのに、既に出社していた小山内部長が笑顔で声をかけてきた。

「おはよう、早いね」

「昨日はご馳走《ちそう》様でした」

慌てて頭を下げ、昨夜ご馳走になった礼を言う。と、部長はなぜか席を立ち、にこにこ笑いながら尚も話しかけてきた。

「いやいや、せっかくの姫宮課長とのツーショに割り込んでしまったからね。邪魔したお詫びに、せめて金くらいは出さないと」

ちょっと相槌《あいづち》の打ちようがないことを言われ、どう答えようかと迷っているうちに、小山内部長は更に答えようのない言葉を口にし、僕を絶句させた。

「あれ、昨日と同じスーツだね。もしかして『お泊まり』かな？」

「えっ？」

絶句した直後、もしや部長は『愛人』のことを探ろうとし、カマをかけてきたんじゃないかと気づいた。

「あの……」

桐生との関係を、もう隠すことはすまい。そう心を決めていた僕に早くもカミングアウトの時期が到来した、と僕は込み上げる緊張感を抑え込み、部長に向かい口を開いた。

「まあ、そんなことはどうでもいいんだけどさ」

意を決した僕の声を、部長の陽気な声が遮る。

「はあ……」

からかわれたのか、と緊張していただけに力が抜けた僕は、部長が陽気な声音のまま続けた言葉に緊張を新たにすることになった。

「例の中傷メールの件なんだけどね」

「……っ」

楽しげな口調を裏切る話題に、血の気《け》がさっと引いていったのがわかった。顔色を失う僕を見た部長は、何がおかしいのかくすりと笑うと、ぽんと肩を叩いてきた。

「そんな顔しないでも大丈夫。今後あの手のメールは一切こないと保証するよ」

「…………え？」

最初僕は何を言われたのか、まったくわからなかった。それでつい、戸惑った声を上げてしまったのだが、それで僕が理解していないことが伝わったのか、部長が改めて説明してくれた。

「だから、もう君を中傷するメールはこない。人事から支社内に向け、先日のメールはデマで君は被害者だという通達も発表される。僕もフォローするから安心してくれていい。君はもう二度と、あの手の中傷を受けることはない。約束するよ」

「あ、あの……」

子供に言い聞かせるがごとく噛んで含めるような口調で説明され、ようやく事態が呑《の》み込めたものの、わけがわからない、と僕は更に部長を追及しようとした。が、部長は、

「そういうことだから」

と、にっこり笑って僕の肩を再びぽんと叩くとそのまま席に戻っていってしまった。

あまりのことに暫し呆然と立ち尽くしていたが、やはり詳細を知りたいと部長の席へと向かおうとしたとき、

「おはよう」

という姫宮課長の声が背後でし、僕の足を止めさせた。

「おはようございます。昨日はありがとうございました」

頭を下げると課長は、

「僕も小山内部長にご馳走になったからね」

と、綺麗な目を細めて微笑んだが、昨夜同様、彼の顔色はあまりよくない気がした。

「あの、実は今……」

一応、課長にも報告しておいたほうがいいかなと思い、今の部長の話をしようとしたとき、その部長の声が背後から響いた。

「あ、姫宮君、ちょっといいかな」

「はい」

姫宮が頷き「またあとで」と僕に言い置いてから部長席へと向かっていく。そのまま彼は部長に誘われ、会議室へと向かってしまった。もしかして、部長から課長に話すのかなと察した僕は席につき、メールチェックを始めた。

「あ」

部長の言ったとおり、人事部長の名前で『先般の中傷メールについて』という件名のメールが入っていた。僕の名は出てなかったが、中傷内容はまったくのデマであることと、犯人が特定できたことが記されていた。

『今後、このようなメールによる中傷が再発した場合、警察の介入・法的措置も辞さないのが当社としての取り組み姿勢である』

最後にその一文で締めくくられているメールを読んでいる最中に、フロアの皆が次々出社してきた。

「おはようございます」

課員のうち最初にやってきたのは愛田だったが、僕を見ると少しバツの悪そうな顔をしつつも、無視もできないと思ったのか挨拶をしてくれた。

「おはよう」

それ以上の会話はなかったので、仕事に戻る。愛田もパソコンを立ち上げたが、どうやら人事からのメールを読んだらしく、おずおずと僕に話しかけてきた。

「あの、長瀬さん、大変でしたね」

「……あ、うん」

人事部が——ひいては会社が僕の味方についたことがわかると、皆の対応も変わってくるんだなと実感した瞬間だった。

「なんか、すみませんでした」

謝罪をする彼に「別に気にしてないよ」と笑いかける。

「しかし、一体なんだったんでしょうね。長瀬さんが高級マンションに安い家賃で住んでいるのが気に入らなかったんでしょうか」

わけわからないですよね、と会話を続けるうちに、愛田とは以前とまったく同じように話ができるようになっていった。

「全社員にばらまくなんて、異常ですよ。支社ってやっぱり陰湿なんでしょうかね」

ここでまた会話が『東京本社か海外駐在に行きたい』という流れになろうとしたとき、木場課長代理と神谷さんが、一緒に出社してきた。

「おはよう」

明るく声をかけてくれる神谷さんは、愛田と僕が普通に喋っているのを見て、よしよし、というように笑った。

一方、木場課長代理は、訝しげな顔をしていたが、パソコンを立ち上げ人事部からのメールを読んだあとは、彼の態度もまた普段どおりとなった。

「人事、やるじゃん。でもこの書き方だと、今回は警察介入しなかったってことかな」

法的措置、とればいいのにね、と憮然《ぶぜん》とする神谷さんの横で、木場課長代理も、

「本当だよなあ」

と憤った声を上げる。

「名誉毀損《きそん》で訴えてやれよ、長瀬」

「そうそう、会社がきっと、弁護士とか紹介してくれるんじゃない?」

神谷さんまでそう言うのに、これ以上会話を引っ張りたくなかった僕は、

「いや、もう忘れたいので……」

と言い、話を打ち切ろうとした。

「そりゃそうだよな」

「着任早々、災難だったよねえ」

木場課長代理と神谷さん、二人して同情的な視線を向けてくれたあと、神谷さんがじろりと木場課長代理と愛田を睨んだ。

「頼りになるはずの同じ課のメンバーも、遠巻きにしてたしね」

「それ、言わないでください」

「悪かったと思ってるよ」

愛田と木場課長代理が最高にバツの悪そうな顔で僕に頭を下げてくる。

「仕方ないですよ」

その言葉は決して気休めではなかった。問題のある人間とは極力かかわりあいを避けたいというのが人情だろうとわかっていたからだ。

特にサラリーマンは、社内での評価も気になるものだし、そのためにマイナス要素に自ら近づいていく人間はそうそういないだろう。

僕だって、もし他人が同じような目に遭ったとしたら、一緒になって悪口を言うなんてことはさすがにしないだろうが、やはり遠巻きにしてしまうかもしれない。

そう思っての『仕方がない』発言だったのだが、神谷さんはそれを酷く美化してとらえて

くれたようで、

「もう、ほんとに長瀬君、いい子だね！」

としきりに感心していた。

その日の昼には、いつものように木場課長代理が「昼、行こう」と食事に誘ってくれ、また皆と一緒にランチをとることができた。

午前中に人事からのメールを受けた形で、小山内部長から部員全員に、今度は僕の名前を出したメールが配信された。

今回の件はまったくの逆恨みで、僕に落ち度は何もないということ、東京から着任したばかりで友人知人も近くにおらず、相談する相手もいなかったであろう僕に心から同情するということ、謂れのない誹謗であるので、ゆめゆめ中傷メールの内容は本気にすることなく、部員全員で僕を守り立ててやってほしいということなどが書かれていた。

面映《おもはゆ》ゆくはあったが、その部長からのメールが呼び水となり、フロアの皆が次々僕に詫びに来てくれたのはやっぱりありがたかった。

同期の宮脇《みやわき》からも、早速『大変だったな』というメールがきて、早急に同期会兼慰め会をやろうと参加者を募ってくれていた。

結果オーライ――はさすがに言いすぎだが、白い目から脱しただけでなく、過多なほどに気遣ってもらえるようになった。人事部の脅しがきいているのか、中傷メールの内容について、追及してくる人間も揶揄してくる人間もおらず、一応僕の上には平穏な日常が戻ってきた、といえた。

桐生にはその日のうちにメールでことの顚末《てんまつ》を伝えた。彼からはすぐ、携帯に電話があり、『よかったな』と言われたが、声になんともいえない違和感があった。

「どうしたの？」

問い掛けたが桐生は『なんでもない』と笑うばかりで教えてくれない。逆に気にしてしまったのだが、桐生も僕を案じてくれているらしく、その後、一日一回は必ず電話をくれるようになった。

かかってくるのはたいてい夜中で、開口一番、

『その後、どうだ？』

と聞いてくる。

「もう大丈夫だよ」

と笑って答えても、桐生はなぜか酷く心配そうにしていた。

「どうしたの？」

だが、逆にそう問い返すと必ず、

『なんでもない』

という言葉が返ってくるのでそれ以上追及することもできず、気になったまま電話を切る

日が続く。

まあ、週末には会えるし、そのとき聞けばいいかと考え、週末に予定していた飛騨《ひだ》高山への小旅行に向け、レンタカーを借りたり、ネットで情報を集めたりと準備に勤《いそ》しんだ。

金曜日になり、今日の夜、名古屋に来るという桐生のために僕は、定時で仕事をあがり、夕食の支度をしようと考えていた。

「お先に失礼します」

「お、長瀬、今週も彼女、来るのか？」

先週の金曜日も早帰りをしたことを覚えていたらしい木場課長代理が、にやにや笑いながらそう突っ込んでくる。

「今週は長瀬君が上京するんじゃないの？」

横から神谷さんまでからかってきたのを、

「そんなんじゃないですよ」

と適当にあしらい、鞄を手にフロアをあとにした。

エレベーターホールで箱が来るのを待つ間、今夜は何を作ろうかなと考える僕の顔は自然と笑ってきてしまっていた。

キーマカレーを喜ばれたので、またカレーで攻めるか。それじゃあんまり芸がないから、まったく違うメニューにするか。

しかしそうなると出来合いのものを買うか、あとは簡単なパスタ料理になってしまうのだけれど、などと考えながらやってきた箱に乗り込み、一階のボタンを押す。

どこにも止まることなくロビー階に到着したエレベーターから降り立ち、出口を目指す。

そのとき僕の目がロビーに佇む一人の男の姿を捉《とら》えた。

「え？」

信じがたいとしかいいようのない人物の登場に僕の口から思わず驚きの声が漏れる。が、次の瞬間には、驚きより嬉しさが勝り、僕はその人物へと向かい駆けだしていた。

「桐生！」

愛しいその名を呼ぶと、桐生は僕に気づいたらしく、彼もまた笑顔になり近づいてきた。

「どうしたの？」

到着は夜中になりそうだと聞いていた。それに、六時前という時間にここへと来るためには、東京を三時過ぎに出ないと無理だろう。

その時間はまだ仕事中なのでは、という思いから問いかけた僕は、桐生が微笑んでいながら、その目が笑っていないことに気づいた。

「桐生？」

強烈な違和感を覚え、彼の名を呼ぶ。と、そのとき彼の目が僕を通り越し、エレベーターホールへと注がれたのがわかった。

次の瞬間、酷く厳しい顔になった桐生に驚き、僕もエレベーターホールを振り返る。

「……あ……」

エレベーターから降り立ち、ロビーへと向かってくる人たちの中に、姫宮課長がいた。課長もまた驚いた顔をしている、と思ったときには桐生が歩き出していた。

「桐生！」

僕の呼びかけを無視し、つかつかと課長へと歩み寄っていく桐生のあとに続く。課長は驚いた顔のままその場に立ち尽くしていた。

桐生と課長が向かい合う。二人は睨み合うといっていいほど、互いに厳しい目で相手を見つめていた。

まさか知り合いなのか？　という疑問を抱いていた僕の前で、桐生が口を開く。

「陰湿な真似をするな。言いたいことがあるなら直接俺に言ってこい」

吐き捨てるようにそれだけ言うと、桐生は踵《きびす》を返し、厳しい表情のまま僕を見た。

「行くぞ」

「え？」

わけがわからないながらも、桐生に背を促され歩き出す。肩越しに振り返ったとき、酷く青ざめた顔をしている姫宮が見えたが、桐生があたかも僕にそれを見せまいとするかのように歩調を早めたせいで前を向かざるを得なくなった。

「桐生、今のは一体……」

なんなのだ、と彼に問い掛けることができたのは、エントランスを出てタクシー乗り場へと向かわされたあとだった。

だが桐生からの答えはなく、客待ちの空車に押し込まれる。彼はその後、タクシーが僕の住んでいるマンションに到着するまで一言も喋らなかった。

その間、僕は桐生の行動について考えようとしたのだが、五分ほどで車がマンションに着いてしまったので、考える時間は殆どなかった。

マンションに到着すると、桐生はやはり無言のまま、僕の先に立ちエントランスを入り、オートロックをキーをかざして解除すると、エレベーターへと向かっていった。話しかけづらい雰囲気をかもしだしている彼のあとに僕も続く。

来ていた箱に乗り込み、部屋を目指す間も、桐生はずっと無言だった。

部屋に入るときも桐生は自分の持っている合い鍵を使った。一応合い鍵は持っているものの、彼は滅多にそれを使おうとしない。桐生の口利きではあるが、一応ここは僕のプライベートルームなので勝手に入らないよう気を遣っているというようなことを、前に言われた。そんな気遣いは無用だと言っても、来るときには必ずインターホンを鳴らしていた彼が、今日に限って一体なぜ、と思っているうちに、桐生はリビングへと向かっていった。僕もまた急いで靴を脱ぎ、リビングに向かう。

「長瀬」

リビングに入ると、桐生はあとから来る僕を待っていたらしく、入り口のところに立ったままそう呼びかけてきた。

「なに？」

相変わらず桐生は酷く厳しい顔をしている。なんとなく嫌な予感がする。その思いを振り払うため、僕は敢《あ》えて作った笑顔で桐生に問い掛けた。

「あ、そうだ。何か飲む？　ビールもワインも冷えているけど」

そう言い、キッチンへと向かいかけた僕の腕を桐生が摑む。

「痛っ」

思わず声を上げるほどの強さに驚き彼を見る。

「すまん」

桐生ははっとした顔になり、僕の腕を離すと、深く頭を下げてきた。

「そんな、謝ってもらうほど痛かったわけじゃないんだけど」

真剣な謝罪にびっくりし、慌てて言い訳を始めた僕の目の前で、桐生が顔を上げる。

「……っ」

息を吞んでしまったのは、桐生が痛ましいとしかいいようのない表情を浮かべていたからだった。

一体なぜ彼はそんな顔をしているのか、と、いつにない表情の彼を凝視する。

「……お前に謝らなければならないことがある」

じっと見つめる桐生の唇が微《かす》かに動き、言葉が放たれた。苦渋に満ちたその顔に、やや掠《かす》れたその声に、ますます嫌な予感が胸の中で膨らんでいく。

「……謝らなければならないことって？」

思い当たらない、と首を横に振った僕の脳裏に、先ほど見たばかりの桐生と姫宮課長の姿が浮かんだ。

青ざめた顔をした課長に桐生が告げた言葉――。

『陰湿な真似をするな。言いたいことがあるなら直接俺に言ってこい』

あれはもしや――と眉を顰めた僕の頭の中が見えるのか、桐生が小さく溜め息をついてから再び口を開いた。

「……お前宛の中傷メール、あれは俺のせいだ」

「……え……？」

ますます苦しげな顔になった桐生のその言葉に、僕の嫌な予感は最高潮に達した。その先を聞くのは怖い。が、聞かずにはいられないのも事実で、尚も桐生の顔を凝視する。

暫しの沈黙のあと、桐生が口を開いた。

「……あのメールの送り主は姫宮だと思う」

「……っ」

彼の口から姫宮課長の名が出た瞬間、僕は驚きのあまり言葉を失ってしまっていた。見開いた目には桐生の、強張っていながらにして尚端整な顔が映っている。

中傷メールの送り主が姫宮課長だと言われたこと自体も驚きだったが、桐生と姫宮が知り合いだということにもまた僕は驚いていた。

「どうして…………」

ぽろり、と零れたその疑問を物語る言葉は、どうして姫宮が僕に中傷メールなど送ったのかということと、もう一つ、どこでどうやって桐生と姫宮が繫がっていたのかということ、両方に対するものだった。

呆然としたままそう呟いた僕の前で、桐生の顔が苦しげに歪《ゆが》み、彼の唇が思いもかけない——本当に、考えたこともなかったその『答え』を紡ぎ出す。

「……姫宮は俺が昔、付き合っていた男だ」

その言葉を聞いた瞬間、僕の頭の中は真っ白になった。

「あまりいい別れ方をしなかったので、恨まれていたようだ。そのとばっちりがお前にいくことになってしまった。本当に申し訳ないと思っている」

目の前で桐生が歪んだ顔のまま謝罪の言葉を続けていたが、最早彼の声は僕の耳に届いていなかった。

あの、人形のように美しい課長と桐生がかつて恋人同士だった——桐生本人から聞かされたその事実を前に、言葉を発することも、否、思考することもできないほどのショックに見舞われていた僕は、ただただ呆然とその場に立ち尽くしてしまっていた。

日曜深夜

名古屋の長瀬《ながせ》のマンションを、今までに二度訪れた。

初回は赴任直前、このマンションを借りたのだと長瀬に見せるため。二度目は先週金曜日の夜から日曜の今日まで——彼の赴任一週間後、共に週末を過ごすためだ。

ああ、それより前に、家具を運び入れた際にもあの部屋には行っているから、都合三回ということになるか。

親父の親友である不動産業者の社長が、若い愛人を住まわせるために購入したというだけあり、交通面を考えても立地はいいし、何より窓からの眺望がいい。

今住んでいる築地のマンションと、少し雰囲気が似ているのも気に入っていたが、調べてみたら設計施工が同じゼネコンだった。

内装は好きにしていいということだったので、家具から何からすべて一新した。今後、週末はこの部屋で過ごすことが多くなると予測できるだけに、できるかぎりカンファタブルな空間を作成するよう試みたのだが、幸い、長瀬も気に入ってくれたようだ。

長瀬はその端麗な外見によらずこれといった『美意識』を持っておらず、たいていのものは無条件で受け入れると知ってはいたのだが、それでも勝手なことをして、と怒る可能性はあるかと案じていた。

部屋を見せたときの彼の顔には、『感激』は表れていたと思うが、迷惑そうな表情は浮かんでいなかった——と思う。

ただ、恐縮はしていた。

恐縮する必要など微塵《みじん》もない。長瀬がこれといった美意識を持たないのをいいことに、週末に俺が快適に過ごすために――長瀬と共に快適な時間を過ごすために、好き勝手に部屋を整えたのだ。いくらそう言ってやっても、彼が申し訳ないと思っていることは、その表情から見て取れた。

本当に不思議なのだが、長瀬ほどの美貌の持ち主であれば、少しくらい高慢な部分があってもいいと思うのに、あまりにもそれがない。

長瀬より数段落ちる美貌であっても、持ち主はそれをひけらかすのに、ああも自覚がないのは最早《もはや》、奇跡といってもいい気がする。

もう少し自覚を持ってくれれば、少しはあの無防備さが改善されるのだが、と、色香溢《あふ》れる彼の寝顔をいつしか思い起こしていた俺の口から溜《た》め息《いき》が漏《も》れた。

ほんの数時間前に別れたばかりだというのに、もう彼を懐かしがっている。俺の頭の中には彼のことしかないのか、と自分でも呆れてしまうほどに、彼の姿が浮かんでくる。

新幹線のホームで、俺の乗る列車を追おうとした彼に向かい、つい苦笑してしまったのは、照れ隠しゆえだった。

彼が俺との別れを惜しみ、新幹線を追うところなど見てしまったら、俺もまた、映画かドラマよろしく――古きよき映画、ドラマの世界だが――彼を求め、車内の通路を走っていたことだろう。

さすがにそれは恥ずかしいぞ、と苦笑した俺の脳裏にまた、長瀬の顔が浮かぶ。

何事においても『自信』を持つことのない彼は、せっかく作ってくれた手料理に関しても自己卑下しまくっていた。

味はもとより期待していない——などとは本人が傷つくから言いはしないが、俺のために料理をしようと思った、その気持ちだけで嬉しいのに、なぜそれがわからないのかと思う。

それを、『桐生《きりゅう》に比べてたいしたものはできない』だの『市販のルーを使ってしまったから』だのと、たいそう申し訳なさそうにしてみせるのが、もどかしいというかなんというか——と、またも長瀬のことを考えている自分に気づき、まったく、と呆れてしまった。

こうして彼のことを二十四時間、絶え間なく考えているわけでは勿論ない。仕事中には頭を掠《かす》めもしないが、週末が近づくにつれ、次第に頻繁に彼を思い出すようになる。

そして一週間ぶりの逢瀬を終えた今もまた、頭の中は彼のことでいっぱいだ、と自嘲し、室内を見渡す俺の胸に一抹の寂しさが宿る。

このリビングはこうも広かっただろうか。リビングだけじゃない。寝室のベッドは無意味に広くて一人寝が空しくなるし、キッチンにも、そしてバスルームにも、長瀬の痕跡をつい探してしまう。

そういえばもう、長瀬は寝ただろうか、とポケットからスマートフォンを取りだし、かけようとして思い留まる。

先ほど別れたばかりなのに、と驚かれるかと思ったからなのだが、数時間前まで一緒にいた彼の声をもう聞きたくなっていることに気づき愕然とした。

自分がこうも女々しい性格だとは思わなかった。そういや昔付き合った女の中に、頻繁に携帯電話に連絡を入れてきたうざいタイプがいたなと思い出す。

常に繋がっていたい。少しでも離れていると不安だから――そう訴えかけてくる女の気持ちは、当時の俺にはまるでわからないものだった。

人間というのは『個体』だ。常に繋がっていられるわけがない。それは単なる、相手を束縛したいという願望だ。

束縛されるのなどまっぴらだ、と彼女とはすぐに別れたが、今の俺の長瀬に対する態度は、あの女と変わりない。

うざい――そう思われる日も近かったりしてな、と自虐気味に呟《つぶや》く自分にまた、自己嫌悪を感じつつ、うざがられたところでこれが俺の本心なのだから仕方がない、と自棄《やけ》としか思えない結論に辿り着く。

人は勿論『個体』だ。だが、愛する相手とは常に繋がっていたいという願望を持つ生き物なのだろう。

今更あの女の気持ちを理解したことが、己にとってプラスとなるとは思えない。どちらかということは、あの程度の女と自分の思考が一緒だということはショックでしかない。情けないことだ、と溜め息をつく俺の頭にまた、長瀬の笑顔が蘇《よみがえ》る。

今まで付き合った人間は何人もいた。数回寝たことを『付き合う』といってよければ、その人数は更に多くなる。

一応、複数の相手と平行して付き合ったりはしていないつもりだが、誰が相手のときも、別れたあとこうしてその相手を思い起こすなど、したことがなかった。

目の前にいない相手のことを思い出すのは稀《まれ》だった。なのに今俺は、長瀬をこうも思い起こし、すぐにも会いたいという気持ちを必死になって抑え込んでいる。

こんなふうに、人を好きになったことはなかった。

俺にとっての『恋愛』は、ひとことでいうと『面倒』――それに尽きた。付き合い始めると皆が皆、俺を束縛したがるためだ。

何かというとすぐ『会いたい』と言い、会えば会ったで自分だけを見てほしいと訴えかけてくる。本当に面倒なことこの上ないと思っていたが、今、俺の長瀬への態度は、そういった連中とまるで同じだ。

会いたいと思えば会いに行く。別れたあとにも会いたさが募り、居ても立ってもいられたくなる。

少しの間でも――そう、たった一週間でも、顔を見ないと不安になり、苛立ちが募る。実際に顔を合わせたときには、ひたすら抱き合い、互いの想いの強さを確認し合う。

そうしてまた、離れざるを得なくなったあとには、すぐにも連絡を取りたい気持ちを抑え込む——そんな目に自分が遭おうものなら、その瞬間にも相手に別れを切り出すに違いなかった行為をする日が来ようとは、今まで想像したこともなかった。

長瀬はさぞうざったく思っているだろうと、またも自虐的なことを考え苦笑するも、洒落《しゃれ》にならないか、と一人肩を竦《すく》める。

多分、俺は今まで人を愛したことがなかったのだ。

それゆえ、相手に執着を覚えることもなかったし、相手が自分に対しマイナス感情を抱いているのではと案じることもなかった。

あくまで自分を通す、そんな人付き合いしかしたことのなかった俺が今や、相手のことを——長瀬のことをまず第一に考え、彼の心情をあれこれと想像しては、一人百面相をしている。

なんとも情けない、と呆れはするが、そんな自分を否定する気はなかった。

格好悪いとは思う。が、格好悪くていいじゃないか、とも思う。恋する男は傍《はた》から見れば滑稽《こっけい》なものだ。だが滑稽な振る舞いをする、その胸の中には、何も代え難い幸福感が溢れている。

人を愛することがなければ——そしてその相手に愛されることがなければ、この手の『幸福感』は得られない。

今まで俺にとって『幸福』とは、自分の成功を確信したときにのみ、感じるものだった。だが長瀬と出会った今、これまで感じていたのは『幸福感』ではなく『達成感』であったと気づく。

なんと女々しい、と自己嫌悪に陥りつつも彼のことをこうして一人思う、こんなときですら俺の胸には温かな思いが溢れている。

この温かさを知らずに終える人生はなんと空しいことか、と今ならそう思わずにいられない。

本当に、変われば変わるものだ。その手の熱弁を振るう人間は嫌悪の対象でしかなかったのに、と、自嘲すると、俺は手の中のスマートフォンを操作し、長瀬の番号を呼び出した。

時計を見ると午前二時を回っている。さすがにかけることはできないか、と思いながらも、番号が表示されている画面を見つめ続ける。

声が聞きたい。だが、睡眠を妨げるのは気の毒だ。そんな当然ともいえる思いやりを初めて持った。

これまでの自分であれば、相手が寝ていようがどうしようが、声が聞きたいとなればすぐに電話をかけていただろう。

それ以前に『声が聞きたい』などという気持ちを抱くこともなかったが、と、スマートフォンをテーブルに放り、ソファの背もたれに背を預けて天井を見上げる。

会いたい——長瀬の笑顔が、拗《す》ねて口を尖らせる可愛らしい顔が、快楽に耐えきれず眉を寄せる表情が、次々と頭に浮かぶ。

またも手がスマートフォンに伸びそうになるのを堪え、電話は明日にしよう、と自身に言い聞かせる、そんな自分に苦笑する。

ただ声が聞きたくなった、というのもなんだから、何か用件を考えよう。そうだ、週末に小旅行を計画するのはどうだろう。それなら不自然ではないし、くわえて、新たな二人の思い出も作れる。

またも、傍から見れば馬鹿馬鹿しいと思われるであろうことをあれこれと考える俺の胸にはやはり、温かな思いが溢れている。

長瀬の胸も俺と同じく、この温かな思いで——幸福感で満ち足りているといい。そう願いながら俺は、名古屋から足を伸ばすとしたらどこがいいか、と週末の小旅行について調べるべく、テーブルの上に放り投げたスマートフォンを再び取り上げたのだった。

あとがき

はじめまして&こんにちは。愁堂れなです。

このたびは二十七冊目のルチル文庫『waltz〜円舞曲〜』をお手に取ってくださり、どうもありがとうございました。

unison シリーズも早八冊目となりました。こうして長くシリーズを続けていられますのも、いつも応援してくださる皆様のおかげです。本当にどうもありがとうございます。

いよいよ名古屋に着任した長瀬を待ち受けていたのは――という、少々不穏な話になりましたが、いかがでしたでしょうか。

皆様に少しでも楽しんでいただけましたら、これほど嬉しいことはありません。

イラストの水名瀬雅良先生、今回も本当に素敵な二人をありがとうございました。

表紙ラフをいつも2パターンくださるのですが、今回も本当に両方素敵で、担当様と一緒にどちらがいいかと迷いまくりました。

お忙しい中、素晴らしいイラストを本当にどうもありがとうございました。

担当のO様にも、今回も大変お世話になりました。他、本書発行に携わってくださいましたすべての皆様に、この場をお借りいたしまして心より御礼申し上げます。

最後に何より、この本をお手に取ってくださいました皆様に御礼申し上げます。

unison シリーズは今や、桐生のメロメロっぷりを書くのが楽しくて仕方がないのですが、皆様にも少しでも、楽しんでいただけているといいなと祈ってます。

またも気になるところで『続く』となりましたが、この続きは年内に発行していただける予定になっていますので、よろしかったらまた、お手に取ってみてくださいね。

次のルチル文庫様でのお仕事は、七月に『罪シリーズ』を発行していただける予定です。オール書き下ろしの新作となりますので、こちらもよろしかったらどうぞ、お手に取ってみてくださいませ。

四月刊で発表になりました、『愁堂れな連続刊行フェア』の小冊子全員サービスも、どうぞよろしくお願い申し上げます。

また皆様にお目にかかれますことを、切にお祈りしています。

愁堂れな

（公式サイト「シャインズ」http://www.r-shuhdoh.com/
twitter：http://twitter.com/renashu）

＊携帯電話向けのメールマガジンを毎週日曜日に配信しています（パソコンのアドレスからもお申し込みいただけます）。
内容は商業誌の予定や裏話、それに趣味の話や日常のあれこれ……といったものなのですが、ご興味がありましたら http://merumo.ne.jp/00569516.html からお申し込みいただくか、00569516s@merumo.ne.jp に携帯電話から空メールをお送りくださいませ。

✦初出　waltz 円舞曲……………書き下ろし
日曜深夜……………………書き下ろし

愁堂れな先生、水名瀬雅良先生へのお便り、本作品に関するご意見、ご感想などは
〒151-0051 東京都渋谷区千駄ヶ谷 4-9-7
幻冬舎コミックス　ルチル文庫「waltz 円舞曲」係まで。

幻冬舎ルチル文庫

waltz 円舞曲

2011年5月20日　　第1刷発行

✦著者	愁堂れな　しゅうどう れな
✦発行人	伊藤嘉彦
✦発行元	株式会社 幻冬舎コミックス 〒151-0051 東京都渋谷区千駄ヶ谷 4-9-7 電話 03(5411)6432［編集］
✦発売元	株式会社 幻冬舎 〒151-0051 東京都渋谷区千駄ヶ谷 4-9-7 電話 03(5411)6222［営業］ 振替 00120-8-767643
✦印刷・製本所	中央精版印刷株式会社

✦検印廃止

ISBN978-4-344-82240-5　C0193　Printed in Japan

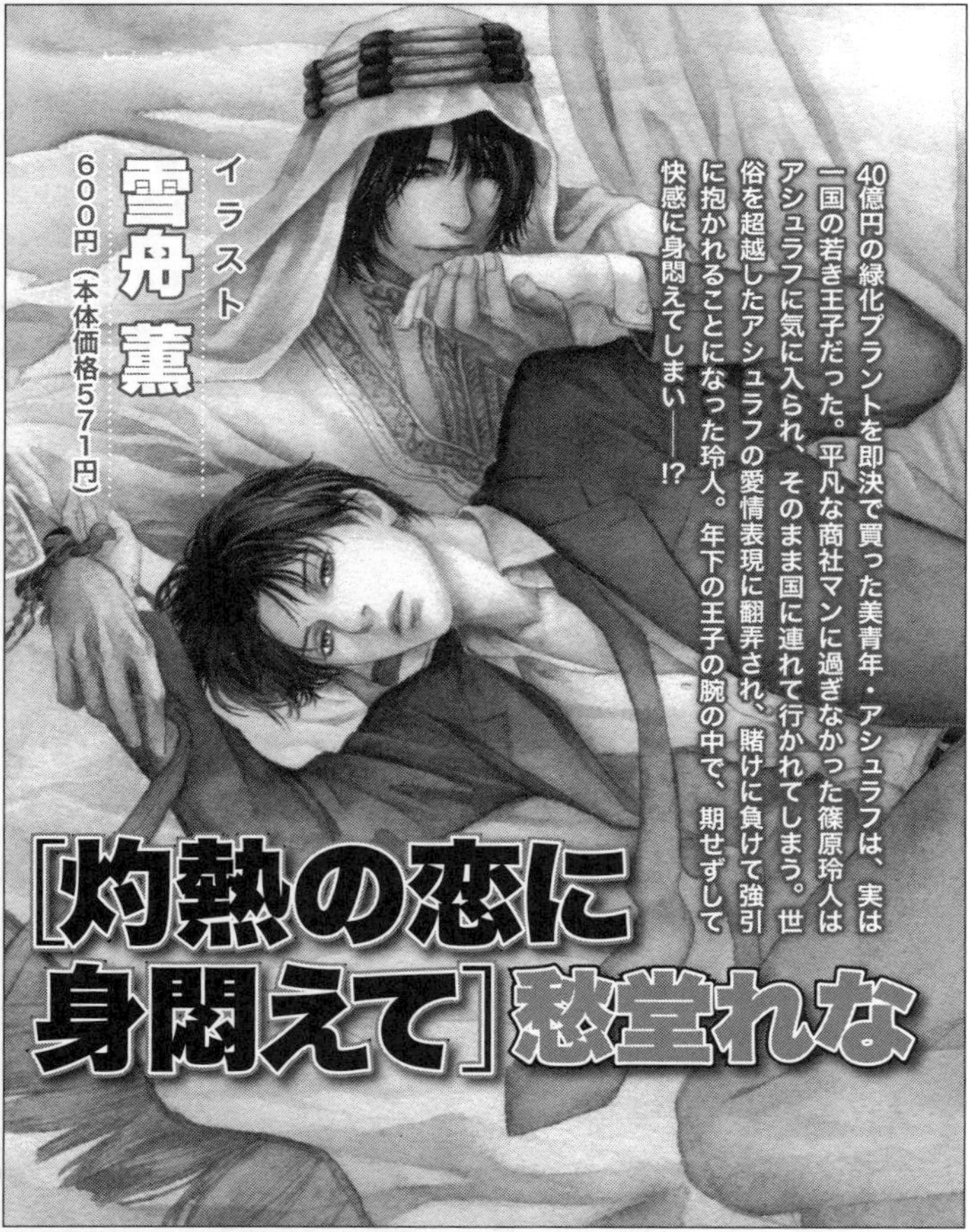
40億円の緑化プラントを即決で買った美青年・アシュラフは、実は一国の若き王子だった。平凡な商社マンに過ぎなかった篠原玲人はアシュラフに気に入られ、そのまま国に連れて行かれてしまう。世俗を超越したアシュラフの愛情表現に翻弄され、賭けに負けて強引に抱かれることになった玲人。年下の王子の腕の中で、期せずして快感に身悶えてしまい——!?
イラスト
雪舟 薫
600円（本体価格571円）
「灼熱の恋に身悶えて」愁堂れな